슬프지 않게 슬픔을 이야기하는 법

슬프지 않게 슬픔을 이야기하는 법

마실 지음

웅진 지식하우스

프롤로그
나를 안아주세요

무슨 일 있었냐는 흔한 안부에도 속 시원하게 대답하지 못하는 날이 많았다. 말하자니 너무 사소해서. 지극히 개인적인 고민이라서. 누구에게든 털어놓고 홀가분해져 볼까 싶다가도 이내 말을 꿀꺽 삼켰다. 그리곤 이렇게 말했다.

"별것 아냐. 그냥."

하지만 별것 아닌 일 중에 대다수는 별것이었고, "그냥" 뒤에 마침표를 붙이기엔 너무 많은 줄임표가 생략되어 있었다.

출간을 앞둔 소감이 어떻냐는 친구의 말에 나는 또 습관처럼 "별것 없어. 그냥" 하고 말았다. 그가 의아한 듯 되물었다. 자기 삶을 정주행했는데 어떻게 별것 아닐 수 있냐고 했다. 한데 생각해보니 나는 정주행보다는 역주행에 가까운 시간을 보냈다. 내가 왜, 어쩌다가 여기까지 왔는지 끊임없이 추적했다. 오늘에서 어제로, 어제에서 더 먼 과거로 날아갔다. 잊고 있던 오래전의 일까지 물고 늘어졌다.

기어코 발가벗은 나를 마주했지만 품는 데에는 많은 용기가 필요했다. 나는 속은 곪아가면서 아무렇지 않은 척 웃어넘기는 사람이었다. 약해 보이기 싫어서 애써 괜찮은 척 묻어두는 사람이었다. 분명 어린 시절 꿈꾸던 어른의 모습은 아니었다. 무엇보다 아빠가 미웠고 엄마가 부끄러웠다고 말할 자신이 없었다. 나는 이것이 나를 달래는 과정임을 알면서도 너무 아팠다. 별것 아닌 일이라면 이렇게 아플 리 없었다.

그런데 며칠을 열병처럼 앓다가도 일요일이면 번쩍 정신을 차렸다. 금요 웹툰 마감을 맞추려면 늦어도 일요일에는 일을 시작해야 했다. 감정이고 뭐고 먹고사는 게 더 중요한 어른이 되어버린 걸까. 내가 이렇게 프로 의식 투철한 사람이었나.

불현듯 이런 일련의 과정이 햇빛 알레르기 같다고 생각했다. 언젠가 여름 바다를 즐기다가 온몸에 옅은 화상을 입은 적이 있다. 이후 선크림과 양산마저 무력화시키는 쨍한 날엔 바로 두드러기가 올라왔다. 그럴 때면 가려움과 통증을 참고 며칠 견디거나 약을 발랐다. 나는 그렇게라도 살아야 했다. 햇빛이 두렵다고 평생 칩거하며 살 순 없었다.

　나를 아프게 하는 모든 것들도 마찬가지였다. 아픔이 두렵다고 평생 외면할 순 없었다. 그래서 나는 품속으로 달려든 미움을 안아주기로 했다. 위로받고 싶어서, 이해받고 싶어서, 다정한 숨결이 그리워서, 자존심과 품위 따위는 던져버리고 달려와 엉엉 우는 나를 품어주기로 했다. 초록이 지면 단풍이 피듯 미움도 슬픔도 자연스레 물드는 과정일 테니까. 나는 그렇게라도 살아야 했다.

∞

　내 키가 아빠 허리에도 못 미치던 시절. 신나게 달리기 실력을 뽐내다 철퍼덕 넘어졌다. 아스팔트 길이었다. 손바닥을 할퀴고 간 핏자국이 보였다. 엄마가 뛰지 말라고 했는데 혼나면 어떡하지 하며 가랑가랑 맺힌 눈물을 참고 있었다. 그때였다. 부리나케 달려온 부모님이 나를 꼬옥 안으며 말했다.

"괜찮아?"

그러게 왜 말을 안 듣냐, 엄마 손 꼭 잡고 걷지 그랬냐는 나무람 없이, 그저 묵묵히 나를 안아주던 그날. 엄마의 따뜻한 품과 아빠의 다정한 말투에 나는 마음껏 소리 내어 울었다.

이 책을 읽는 모두가 그랬으면 좋겠다. 아프면 아프다고 말하고 미우면 밉다고 말했으면 좋겠다. 외로워도 슬퍼도 울어야지. 왜 참고 또 참아, 울어야지. 그렇게 제대로 울다 보면 고작 한 뼘만큼의 성장도 사랑할 수 있을 것 같다.

슬프지 않게 슬픔을 이야기할 수 있을 때까지.

나를,

나를 안아주세요.

비 갠 8월의 끝자락에서

마실

목차

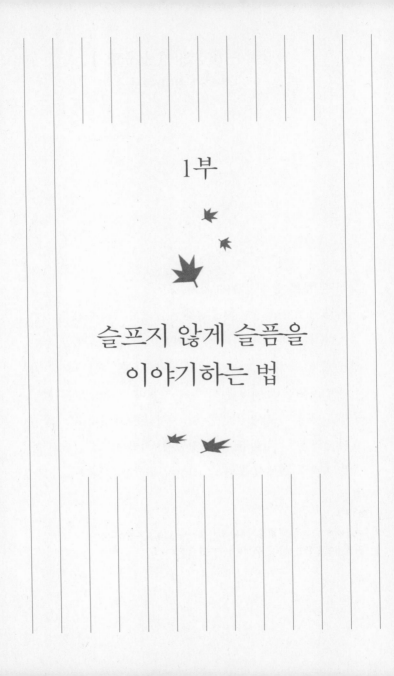

1부

슬프지 않게 슬픔을
이야기하는 법

지랄맞은 18번의 이사 유랑기
'집의 역사'를 좇아서

    십팔. 하필 숫자도 참 뭐 같지.

    지금 부모님이 살고 계신 본가는 18번의 이사 끝에 정착한 곳이다. 17번과 18번 사이 삼 남매가 모두 독립하며 두 분만 남게 된 그곳에서 그들은 '정착'이라기보다 '머묾'에 더 가까운 2년을 보낼 예정이다. 물론 언제나 그래왔듯 월세로. 동네 곳곳을 누비며 살아온 이 지랄맞은 18번의 유랑기를 나와 동생들은 '집의 역사'라 불렀다. 시간순으로 정렬된 집들을 좌르르 꺼내다 보면 그 시절의 우리가 찰방 하고 떠올랐다.

놈과의 뜨거운 조우, '나무집'

가세가 기운 후 처음 이사한 집은 '나무집'이었다. 모과나무와 단풍나무가 그득한 마당을 지나면 만날 수 있던 2층 목조주택. 가을이면 발그레해지는 정원이 특히 예뻤던 그곳은 운치도 낭만도 넘쳤는데, 덩달아 벌레도 넘쳐났다는 게 문제였다. 무엇보다 나무집에서 생애 처음 마주한 바퀴벌레는 틈틈이 자신의 민첩한 운동신경을 자랑해댔다. 심지어 아이컨택 후 나를 향해 냅다 날아오는 대범함까지 뽐냈다. 상대방이 원치 않는 구애는 폭력이 될 수 있다는 것을 그때 처음 깨달았다.

늦은 밤, 가족 외식을 하고 집으로 돌아갈 때면 선봉에는 늘 아빠가 섰다. 불을 켜는 동시에 와다닥 사각지대로 질주하는 놈들을 재빠르게 제압해야 했기 때문이다. 아빠는 이 광경을 '바퀴벌레 운동회'라고 불렀다. 운동회가 열릴 때면 우리는 아빠 뒤에 숨어 "꺅! 저기! 저기!" 하며 응원하기 바빴고, 부모님은 놈들을 신발 싸대기로 응징하기 바빴다. 두더지 게임 같달까. 치면 나오고 치면 나오고.

물론 비장한 마음으로 현관문을 열던 그 시절이 그립다는 뜻은 아니다. 다만 빠른 스캔 후 적당한 무기를 찾아 후려치던 엄마의 순발력과 급하면 맨손으로도 때려잡던 아빠의 야성미를 보며, 아주 잠깐 어른의 세계를 동경했노라 고백할 뿐이다.

세 마리 토끼가 깡충거리던 '징검다리집'

18번의 이사 중 6번에 해당하는 '징검다리집'은 아직도 삼남매의 추억에 큰 지분을 차지하고 있다. 그 집은 방 2개에 주방만 갖춘 구조로 화장실이 밖에 있었다. 세월을 정통으로 맞다 못해 아예 멈춰버린 공용 화장실은 당시 초등학생이었던 우리에게 매일 폐교 체험을 선사했다. 바람 따라 위태롭게 덜컹거리던 문고리, 형광등의 시대에 나 아직 안 죽었다며 호기롭게 시위하던 백열등의 옅은 떨림까지. 화장실이라는 말보다 '똥간'이라는 이름이 더 잘 어울리던 그곳이 무서워 밤이 오지 않길 기도하곤 했다.

뭐니 뭐니 해도 이 집의 하이라이트는 점프였다. 두 방 사이에 있는 주방은 욕실도 겸했다. 주방과 욕실이 어떻게 함께 있냐고? 바닥만 타일이면 됐다. 가스레인지 앞에 서서 요리하는 엄마와 그 뒤에 쭈그려 앉아 바가지에 물을 퍼 머리를 감는 아침 풍경을 상상하면 쉽다.

옆방으로 이동하려면 물기가 흥건한 타일을 피해 슬리퍼를 신고 두세 걸음 걸어야 했다. 그 몇 걸음이 귀찮아 우리는 징검다리 건너는 기분으로 신발 위를 점프했다. 깡충. 깡충. 재밌다고 통통대는 세 마리 토끼를 보며 엄마는 그러다 다친다고 혼을 냈지만, 다행히 지금까지 잘들 살고 있다.

그땐 그랬다. 맞벌이 부모님 대신 〈달의 요정 세일러문〉, 〈사랑의 천사 웨딩피치〉, 〈지구용사 선가드〉와 함께 저녁을 보냈다. 때론 책상 위에 이불을 덮어 텐트를 만들고 그 안에 셋이 꾸역꾸역 들어가 공작질을 했다. 그때의 우린 너무 어려서 넉넉하다거나 부족하다는 개념도 없이 그저 꿍냥거리며 시간을 보내는 것이면 충분했다. 아니, 그랬다고 '나만' 생각했었다.

풍경은 머문 사람만 기억한다

스무 살 가을쯤 이사한 11번 '반지하집'. 나는 이곳의 자욱한 곰팡내와 하수구 냄새가 싫어 늦게 귀가하는 일이 잦았다. 내겐 그저 눈만 붙이는 곳이었던 이 집에서 열일곱, 열여섯 살 동생들은 사춘기를 보냈다. 장마철이면 적갈색 세숫대야를 둘러업은 채 빗물을 퍼냈고, 전기가 끊긴 날엔 촛불에 기대 숙제를 했다. 그저 어른의 맛에 취해 집 따위 안중에도 없던 나는, 같은 공간을 서로 다르게 기억하고 있다는 사실에 새삼 놀랐다. 그러다 여동생이 별안간 카레 이야기를 꺼냈다.

징검다리집에서 엄마는 카레를 자주 해줬다. 감자, 당근만 가득한 황해 사이에서 아무리 뒤적여도 통 볼 수 없는 고기를 겨우겨우 낚시하던 기억이 난다. 여느 날처럼 카레 냄비를 데우려던 여동생은 무심결에 뚜껑을 열었고, 하필 생의 한가운데서 장렬하게 익사한 바퀴벌레를 목격하고야 말았다. 닫혀 있던 뚜껑을 뚫고 어떻게 그 속에 들어가 있었는지, 혹시 진작부터 잠복하고 있던 건 아닌지, 별별 생각을 하던 여동생은 이내 그 부분만 덜어내고 가스레인지를 켰다.

"누나, 이거 진짜 먹을 거야?"

열 살 남동생이 미간을 찌푸리자 열한 살 그녀는 묵직하게 받아쳤다.

"이거밖에 먹을 거 없어."

한 번 끓이면 소독돼서 괜찮다나 뭐라나. 놈의 잔상과 찝찝함을 가스 불과 함께 태워버리고 소독한 카레를 국자로 푹 담가 그릇에 옮겼는데…….

"누나…… 또…….."

웬걸. 카레는 이미 놈들이 점령한지 오래였다. 여동생은 싱크대에 냄비를 내동댕이치고 돼지 저금통을 털어 곧장 슈퍼로 갔다. 그리고 천 원짜리 분홍 소시지와 평소라면 꿈도 못 꿨던 초콜릿을 한가득 샀다. 달콤한 배부름으로 아까의 패배 따윈 잊었으면 하는 마음으로. 집으로 돌아온 동생들은 최대한 얇게 썬 소시지를 정성스레 부치곤 무결의 하얀 쌀밥 위에 한 점 한 점 소중히 얹어 먹었다. 그 후 여동생은 한참을 울었다고 했다. 정말 한참을, 울었다고 했다.

∞

"요즘은 카레 잘 먹어?"

"응. 고기 잔뜩 넣어서. 근데 절대 분홍 소시지는 안 먹어."

모름지기 음식이란 질보단 양이 미덕이라 생각하던 시절.

고기의 탈을 쓴 밀가루 덩어리도 소시지라는 명명 하에 아껴 먹던 시절. 그 시절의 끝에 선 여동생이 분홍 소시지에 일절 눈길도 주지 않는 건 입맛이 변했기 때문일까, 진짜 소시지 맛을 알았기 때문일까, 그 시절을 기억하고 싶지 않기 때문일까. 답이 너무 선명해서 굳이 그녀에게 더는 묻지 않았다.

　역사는 승자의 기록이다. 이를 집의 역사에 대입해 보면, 우리 가족은 모두가 승자이자 산 증인이다. 그러니 각자 다르게 기억해도 모두 정사로 인정할 수밖에 없다. 나에겐 별 볼 일 없던 반지하집의 추억(追憶)이 누군가에겐 추억(醜憶)일지언정 야사는 아닌 것처럼. 그래도 역시, 하루빨리 이 지랄 맞은 유랑기를 끝내고 집의 역사 따위 존재하지 않는 정착기를 보내고 싶다.

그때의 우린 너무 어려서 넉넉하다거나 부족
하다는 개념도 없이 그저 꽁냥거리며 시간을
보내는 것이면 충분했다. 아니, 그랬다고 '나
만' 생각했었다.

핑크 바가지와 생리 파티
비록 입맛은 촌스러울지언정

"엄마, 나 생리해!"

열네 살의 출구에 선 겨울이었는지 열다섯 살의 입구에
선 겨울이었는지, 정확히 기억은 안 난다. 어쨌든 그 겨울,
난 생리를 시작했다. 나무집의 웃풍을 뚫고 화장실에도 냉
기가 넘쳐흐르던 계절이었다. 속옷 사이에 서툴게 자리 잡
은 혈흔을 보고 "이것이 말로만 듣던 생리로구나!" 싶어 들
떴던 기억이 난다. 진짜 어른이 되었다는 설렘과 몸에서 피
가 나는데도 기뻐하는 아이러니 속에서 나는 당장 엄마에게
달려가 이 소식을 알렸다. 그리고 그날, 우리는 어김없이 핑
크 바가지를 꺼냈다.

징검다리집부터 함께한 핑크 바가지는 특별한 날에만 개시하는 우리 집 비밀 병기였다. 원형 디자인에 쨍한 형광 컬러, 좁은 밑면 바닥엔 형형색색의 꽃 따위가 그려진 플라스틱 바가지. 본래 용도는 설거지나 세수를 할 때 물을 퍼 담는 것이었다. 하지만 여분으로 사두었던 핑크 바가지 하나는 곧 과자 그릇으로 새롭게 태어났다.

주말 저녁이나 삼 남매 중 누가 상을 받은 날이면, 아빠는 5천 원 내지는 만 원짜리 지폐 한 장을 주고 과자를 사 오라고 했다. 그럼 우리는 동네 슈퍼로 달려가 뿌셔뿌셔, 맛동산, 짱구, 새우깡 같은 봉지 과자들을 담아 왔다. 사실 칸쵸, 초코송이, 빈츠 같은 갑 과자를 먹고 싶었지만 네모반듯한 상자들은 "5천 원으론 어림없는 거 너도 잘 알잖아"라며 비웃는 것 같았다.

주방과 욕실의 경계가 없던 징검다리집은 그릇과 바가지의 경계도 없었다. 그래도 크게 개의치 않았다. 나는 가족들이 둘러앉아 과자를 한가득 쌓아 두고 나눠 먹는 그 순간이 좋았다. 맛동산 사이로 간간이 보이는 초코송이를 몰래 빼 먹는 스릴도, 동생들이 더 많이 먹을까 봐 헐레벌떡 입안으로 욱여넣던 식탐도 마냥 좋았다.

그 시절 우리에게도 외식은 있었다. 매주 일요일 저녁마다 들렀던 '포커스 랜드'는 모닝빵, 수프, 돈가스가 순서대로 나오는 경양식집이었다. 나는 나이프와 포크를 들고 식사를 한다는 사실만으로도 어른이 된 것 같아 설렜다. 이후 외식 장소는 '병천 찹쌀순대 전문점'으로 바뀌었다. 아무리 봐도 지극히 아빠 취향을 반영한 메뉴 선정이었으나, 나는 그저 주는 대로 감사하게 먹는 초등학생일 뿐이었다. 그때부터였을까. 일반 순대와 찹쌀 순대 맛을 구분하게 된 것은. 아빠는 알까. 그 코흘리개가 이제 순대만 보면 소주를 떠올리는 어른이 되었다는 것을.

가세가 기울자 외식은 곧 집에서 해 먹는 특식으로 바뀌었다. 주로 아빠표 김치 삼겹살볶음 또는 우유 라면이었다. 역시나 매주 일요일, 아빠는 5천 원 내지는 만 원짜리 지폐 한 장을 주며 삼겹살을 사 오라고 했다. 그리고는 삼겹살을 꼭 김치와 함께 구웠다. 나는 항상 김치를 넣는 게 불만이었지만 굳이 말하진 않았다. 그럼 안 해줄 것 같았으니까.

유당불내증인 아빠는 유제품을 잘 먹지 않았는데 이상하

게 라면을 끓일 때면 우유를 조금씩 넣곤 했다. 괴식을 조리하는 아빠를 보며 식겁했지만 "그래서, 안 먹을 거야?"라며 날름 아빠 그릇에만 라면을 담는 것을 보고 있노라면 나는 조용히 밥상 앞에 앉을 수밖에 없었다. 그런데 이게 신통하게도 맛이 있었다. 더 고소하고 부드러워졌달까. 지금에서야 치즈 라면과 비슷한 맛이었구나 싶지만, 당시만 해도 아빠의 라면 취향은 좀처럼 존중하기 힘들었다.

그즈음부터 우리는 종종 배달 음식을 시켜 먹었다. 인기 메뉴는 단연 치킨과 피자였다. 프랜차이즈 가게가 부담스러워 주로 쿠폰 10개를 모으면 메뉴 한 개를 서비스로 주는 동네 가게들을 찾았다. 가장 기억에 남는 가게는 '코끼리 피자'다. 상호만큼이나 큰 사이즈를 자랑하는 피자였는데 솔직히 맛은 그냥 그랬다. 하지만 만 원이면 삼 남매가 배 터지게 한 끼 채울 수 있는 몇 안 되는 가게였다.

나름 배달 음식에도 우리만의 까다로운 기준이 있었는데 맛이 변하면 다시는 그 가게를 찾지 않는 것이었다. 저렴한 가격에도 맛은 포기할 수 없었던 마지막 자존심이었다.

얼마 전, 동생들에게 핑크 바가지를 기억하고 있는지 물었다. "당연하지!"로 시작해 이어지는 추억팔이에 모두 격하게 고개를 흔들었다. 그리곤 우리 정도면 성공한 인생 아니냐며 껄껄댔다. 이제 프랜차이즈 치킨도 망설임 없이 시켜 먹을 수 있고, 갑 과자도 쿨하게 결제할 수 있으니까. 먹고 싶은 것을 먹고 싶을 때 먹을 수 있다는 건 꽤 흐뭇한 일이었다.

성공한 딸내미는 종종 엄마를 모시고 디저트 카페에 갔다. 세상에서 뿌셔뿌셔가 최고라는 그녀에게 그보다 더 맛있는 디저트도 많다는 것을 알려주고 싶었기 때문이다. 허니브레드, 마카롱, 치즈케이크……. 그러나 콧대 높은 그녀의 입맛은 번번이 놈들을 퇴짜 놓았다.

"워매, 달어!"

나는 엄마의 촌스러운 입맛을 통 이해할 수 없었다. 그런데 한편으론 다행이라는 생각도 들었다. '포커스 랜드'와 '코끼리 피자'를 비롯해 추억이 담긴 많은 것들이 사라지는 동안에도 엄마는 변치 않았으니까.

입맛에 촌스러움이 어디 있으랴. 추억에 촌스러움이 어디
있으랴. 그저 그 시절, 그 맛을 서로 공유하고 있음에 감사
하며 조용히 장바구니에 뿌셔뿌셔를 담았다.

가성비로 지킨 가장의 품위
'식구'의 위대함

　시작은 을왕리였다. 2014년 어느 여름밤, 아빠는 웬일로 외식을 하자며 을왕리로 택시를 몰았다. 갑작스러운 제안에 슬리퍼에 티셔츠만 덜렁 걸치고 간 길. 가족 모두 자기 일에 치여 사느라 집에서 얼굴 한 번 보기 힘들었던 때였다. 그래서일까. 술 한 잔 마실 줄 모르는 아빠는 고작 조개구이 향에 취해 사진을 찍자고 주사를 부렸다. 이 꼬라지에 무슨 사진이냐며 심드렁한 반응을 뒤로 하고, 취기가 오른 독재자는 기어코 형편없는 조명과 후줄근한 옷으로 무장한 최악의 가족사진을 얻어내고야 말았다.

　그날, 아빠의 카카오스토리에 "우리 가족~♡"이라는 글과 문제의 사진이 올라왔다. 나는 사진 속에 박제된 못난이 삼 남매가 영 못마땅했다. 하지만 보증으로 날린 긴 세월 끝에 그에게 남은 건 가족과 친구들뿐이라는 것을 잘 알고 있었기에 그러려니 했다.

이후 아빠는 본격적인 SNS 활동과 함께 '가족 모임 정례화'를 선언했다. 매달 가족을 위한 시간을 일부러 내야 한다는 게 퍽 귀찮았지만, 까짓것 한 번 참자며 동생들과 무언의 동맹을 맺었다.

문제는 돈이었다. 당시 소셜벤처에서 일했던 나는 가치 있는 일을 하겠다며 최저 임금을 마다하지 않는 열혈 청년이었다. 여동생은 길고 긴 고시 공부를 이어가고 있었고 남동생은 대학 졸업반이었다. 그러니까 평생 낮은 곳에서 일하던 부모님 수입까지 생각하면, 가족 모두 돈이 없던 때라고 생각하면 되겠다.

아빠는 "가족 모임은 내가 쏜다!"라고 호언장담했지만, 난 직감했다. 가장의 품위는 맛도 있고 가격도 저렴한 '가성비 맛집'을 찾아냄으로써 유지된다는 것을.

1단계: 무한 리필

운이 좋았다. 2014년은 삼겹살, 닭갈비, 족발 등 온갖 무한 리필 식당이 우후죽순처럼 생겨나던 때였다. 가격도 저렴해서 1인당 만 원이면 아빠의 품격을 지키기에 충분했다. 그 시절 얄팍한 주머니 사정을 고려한 최적의 장소들로 섭외하였노라 자부한다.

하지만 고백하건대, 사실 나는 꽤 자주 그곳의 우리가 초라해 보였다. 가게 안 대부분의 고객이 어린 친구들이었기 때문이다. 맛과 서비스에 대한 기대 없이 배를 채우겠다는 마음으로 무한 리필 식당을 찾는 청년들. 그 사이에 늙수그레하게 자리 잡은 부모님을 보면 왠지 서글퍼졌다. 그러던 어느 날, 엄마도 이런 상황을 눈치챘는지 "이 가게는 손님들이 다 젊네?"라고 했다. 머쓱해진 나는 "그러게"라며 대화를 끊었는데 엄마는 속도 없이 계속 말을 이어갔다.

"젊은 애들만 있는 데 오니까 좋다. 너네 아니면 이런 데 언제 와 본다냐."

매사 무던하고 긍정적인 사람인 건 알았지만 이 정도일 줄이야. 되려 고맙다는 엄마의 그 말에 나는 상추와 마늘을 리필하러 몇 번이나 샐러드바를 왕복하면서도 투덜대지 않았다. 그리고 결심했다. 다음번엔 엄마 말대로 '젊은 애들이 자주 가는 곳'으로 향해야겠다고.

2단계: 양식

제법 그럴싸한 식사를 위해 가족 모임 식비는 5인 기준 10만 원 내외로 격상됐다. 이 틈에 부모님께 우아한 서양의 맛을 선보이고 싶었던 나는 "제가 아웃백 쏩니다!"라고 큰소리쳤고, 아빠는 사양하지 않은 채 기분 좋게 침묵했다.

우리 가족의 먹성을 익히 보아왔기에 나는 아웃백 할인받는 법, 아웃백 통신사 할인 등을 검색하며 만반의 준비를 했다. 드디어 결전의 날. 계획대로 6개 메뉴를 완벽하게 주문했다. 애당초 애피타이저, 메인 디쉬, 디저트 순으로 먹는 건 기대도 하지 않았기에 그저 부모님이 맛있게만 드셨으면 좋겠다고 생각했다.

물론 인생사 생각대로 풀릴 리 없었다. 놀랍게도 5명이 6개 메뉴를 먹는 데 착석부터 퇴장까지 40분 걸렸다. 깜빡했다. 부모님께 스테이크는 굽다 만 소고기 덩어리요, 파스타는 김치가 필요한 국수에 불과했다. 코딱지만 한 접시에 나오는 음식들을, 부모님은 정말 급하게도 먹었다. 식사하는 내내 나는 "천천히 드세요"라는 말을 입에 달고 있었다. 우아한 서양의 맛은 안드로메다로 날아간 지 오래였다. 순식간에 지나간 식사 끝에 "커피 준비해 드릴까요?"라고 말하는 서버의 상냥함이 괜스레 얄밉기까지 했다.

짠하기도 하고 화나기도 한 몇 번의 패밀리 레스토랑 투어 끝에 그냥 양식은 자주 먹지 않기로 했다. 서툰 칼질로 눈치 보는 아빠를 마주하고 싶지 않았기 때문이었다. 무엇보다 내가 엄마의 습관을 교정할 자격은 없었다. 오랫동안 식당에서 일했던 엄마에게 느긋한 식사는 죄스러운 것이었다. 손님 없는 틈에 허겁지겁, 급할 땐 조리대 앞에 서서 해치우듯 먹던 그 찰나들을 내가 낯뜨겁다는 이유로 단죄할 수는 없었다.

3단계: 한정식

삼 남매의 소득 수준이 높아지면서 10만 원 이상의 식비도 끄떡없게 되었다. 질보다 양을 우선시하던 옛날의 우리가 아니었다. 요즘은 특히 한식당을 즐겨 찾으며 특별한 날엔 뷔페로 향한다. 식사하느라 못다 한 이야기는 카페로 이동해 마저 나눈다. 마침내 아빠의 카카오스토리는 가성비 맛집에서 진짜 맛집 리스트로 진화했다.

2018년 5월 가족 모임. 어버이날을 맞아 부모님이 좋아하는 한정식집을 예약했다. 여느 때와 마찬가지로 약소한 용돈 봉투를 준비했고, 여느 때와 달리 사진첩을 한 권 건넸다. 그동안의 가족 모임 때마다 찍은 사진들을 엮은 앨범이었다.

예상치 못한 선물에 감격한 아빠는 카카오스토리에 올려야겠다며 엄마와 앨범 양 끝을 나눠 잡고 연신 포즈를 취했다. 그리곤 죽을 때 관에 이 앨범을 함께 넣어 달라고, 어울리지도 않는 해맑은 얼굴로 신신당부했다.

삼 남매의 독립 후에도 모임은 계속되고 있다. 오히려 가끔 보니 더 애틋해졌다. 오랜만에 만나면 서로의 안부와 사소한 기쁨을 나누기 바쁘다. 아빠가 선동하지 않아도 이제 알아서들 가족사진을 찍으려 카메라를 꺼낸다. 올해는 영상 촬영도 추가했다. 먼 훗날, 우리의 오늘이 그리울까 봐.

이 글을 쓰기 위해 가족 카톡방에 '가족 모임 맛집 베스트&워스트 3'를 물었다. 베스트는 한식당과 뷔페가 주를 이루긴 했으나 곁가지로 다양한 후보군이 나왔다.

반면 워스트는 놀랍게도 딱 한 곳만 언급됐다. 최근에 들른 무한 리필 족발집이었다. 식사 후 가족 모두 입을 모아 "양념 족발에서 냄새가 난다", "물린다"라며 우둘대던 곳이었다. 기본 족발, 매운 족발, 냉채 족발 등 다양한 족발을 1만 원대로 즐길 수 있다며 엄지를 치켜세우던 2014년과는 사뭇 대비되는 모습이었다. 6년에 걸쳐 오른 식비만큼, 비로소 음식을 음미할 수 있게 된 여유만큼. 자본주의란 실로 무서운 놈이었다.

식구(食口)의 사전적 정의는 "한 집에서 함께 살면서 끼니를 같이하는 사람"이라고 한다. 그 단어의 위대함을 이제서야 깨닫는다. 처음엔 그저 효도 차원에서 선심 쓰듯 냈던 시간이 욕심부려도 나무랄 것 없는 선택이었음에 감사하다. 끼니를 함께 먹는다는 것은 시간을 나눈다는 뜻이니까. 기꺼이 추억 한 편을 내준다는 뜻이니까.

켜켜이 쌓아 올린 사진들 사이로 서로 부끄러워하고 미워했던 나날들이 겹쳐졌다. 왠지 맛있는 음식을 함께 나눠 먹으면 그 모난 마음들도 꿀꺽 삼킬 수 있을 것 같다.

끼니를 함께 먹는다는 것은 시간을 나눈다는
뜻이니까. 기꺼이 추억 한 편을 내준다는 뜻
이니까. 켜켜이 쌓아 올린 사진들 사이로 서
로 부끄러워하고 미워했던 나날들이 겹쳐졌
다. 왠지 맛있는 음식을 함께 나눠 먹으면 그
모난 마음들도 꿀꺽 삼킬 수 있을 것 같다.

엄마에게 어울리지 않는 단어
무관심이라는 이름으로

엄마에겐 어울리지 않는 단어가 있다. '쇼핑'이라던가 '사치'라던가 '휘황찬란'이라던가. 내가 본 엄마는 그랬다. 늘 소박했고 덤덤했고 무던했다.

그런 엄마가 갑자기 같이 옷을 사러 가자고 했다. 지금껏 단 한 번도 함께 한 적 없는 일이었다. 어릴 땐 부모님이 사준 옷을 군말 없이 입었고 머리가 큰 이후로는 혼자 사러 다녔다. 각자도생이 생활신조인 우리 가족에게 익숙한 풍경이었다. 그런데 쇼핑이라니! 엄마랑 내가?

어떤 옷을 사고 싶냐는 물음에 엄마는 밑도 끝도 없이 "초록색"이라고 했다. 상의일지 하의일지 모르지만 어쨌든 엄마 마음에는 들어야 할 그 초록색을 위해 우린 함께 길을 나섰다. 온·오프라인을 넘나드는 나의 다채로운 쇼핑 패턴과 달리 엄마는 단순했다. 시장 가판대에 큼지막하게 써진 가격표를 본 후 그 안에서 마음에 드는 옷을 고르면 끝이었다. 그 모습이 썩 달갑지 않던 나는 냉큼 아웃렛으로 발길을 돌렸다. 시장보단 비싸지만 백화점보단 저렴할 테니 큰 부담이 없으리라 생각했다.

그런데 아웃렛에 들어선 엄마는 가게들을 쌩쌩 지나다니기만 했다. 나는 초록색 옷이 보일 때마다 엄마를 불러 세웠는데 정작 옷을 사겠다는 사람은 무관심으로 일관했다.

"이럴 거면 쇼핑을 왜 하자고 한 거예요. 한 번 입어 보기라도 하라니까? 이거 3만 원밖에 안 해!"

3만 원 소리에 냅다 옷을 낚아챈 엄마는 가격표를 보고 나서야 비시시 웃었다.

"생각보다 싸다. 난 이렇게 번듯한 건물 안에서 파는 옷들은 다 비싼 줄 알았지."

평생 시장에서 옷을 사던 엄마는 이렇게 번듯한 건물 안에서의 쇼핑이 처음이었다. 가격이 비쌀까 봐 겁먹은 엄마는 잰걸음으로 애써 수많은 초록색을 외면한 것이었다.

문득 작년 봄에 떠난 홍콩 가족 여행이 생각났다. 역시나 각자도생인 우린 부모님께 교통비 명목의 회비를 걷었고 나머지는 삼 남매가 부담했다. 자식 돈으로 가는 첫 해외여행이 고맙기도 미안하기도 했던 부모님은 일정 내내 삼 남매 눈치를 봤다. 그리고 지인들에게 선물할 주전부리 외에 무엇 하나 당신들을 위해 산 것이 없었다. 한국으로 돌아오는 날. 면세점은 저렴하니까 립스틱이라도 하나 사라는 내 말에 엄마는 "괜한 욕심 생길 바에는 차라리 안 보는 게 나아"라며 게이트로 직행했다.

∞

"엄마! 여기 백화점 아니라니까? 시즌 지난 상품들 저렴한 가격으로 파는 데라고요! 잘만 고르면 괜찮은 옷들 많아!"

그제야 경계 태세를 푼 엄마는 초록색 상의들만 부리나케 낚아채기 시작했다. 그 부스터는 의외로 실크 원피스를 입은 마네킹 앞에서 멈췄다. 수묵화가 그려진 하얀 민소매 원피스와 얇은 초록색 카디건이 세트인 상품이었다.

"우와 엄마. 이거 진짜 우아하다. 한 번 입어봐요!"

"에이. 이 나이에 치마는 무슨."

"치마에 나이가 어디 있어!"

"나이도 나인데, 나 종아리가 짝짝이라……."

꽤 오래전, 엄마가 빙판길에서 넘어진 적이 있었다. 식당 일을 하던 엄마는 치료받을 시간도 돈도 아까워 겨우 파스로 버텼다. 치료 시기를 놓친 오른쪽 다리는 근육이 빠져 본래보다 얇아졌는데, 이것이 엄마의 콤플렉스로 남은 모양이었다. 그리고 그때부터 엄마는 치마를 입지 않았다. 마냥 '엄마는 꾸미는 데 관심 없어. 엄마는 사시사철 검은색 바지만 입는 멋 부릴 줄 모르는 여자야'하고 생각한 나는, 스스로 그녀의 딸이라 칭할 염치가 없었다. 그래놓곤 이 무치가 들킬까 봐 괜히 엄마에게 큰소리치고 말았다.

"뭐 세상 치마가 다 무릎까지 오는 것만 있어? 미니스커트도 있고! 롱스커트도 있는데, 왜!"

엄마는 딱 종아리를 덮는 기장의 초록색 원피스 두 벌을 샀다. 여기에 샌들까지 새로 장만하곤 기분이라며 샤부샤부를 쏜다고 했다. 기분이 어쩌나 좋았는지 평소 사진이라면

질색을 하던 엄마가 아웃렛에서 식당으로 가는 길목마다 서서 포즈를 잡기 여념 없었다. 샤부샤부를 먹으면서도 엄마는 몇 번이나 내게 고맙다고 했다. 덕분에 다시 아가씨 시절로 돌아간 것 같다고, 여자로 변신한 것 같다고 했다. 그때 엄마 핸드폰에 '대장님'으로부터 전화가 왔다. 아빠였다. 새 옷에 새 신발까지 샀다며 헤벌쭉 웃는 엄마가 그날따라 참 예뻐 보였다.

∞

엄마 핸드폰 속 '대장님'은 아빠이건만 우리 삼 남매는 특이하게 '세계 제일 OO님'이라고 저장되어 있다. 이를테면 나는 '세계 제일 웹툰 작가님'인 셈이다. 자식을 직업으로 저장하는 저의는 뭘까 의아해하던 차, 별안간 엄마의 학창 시절 꿈이 궁금해졌다.

"엄마는 학생 때 꿈이 뭐였어요?"

첫사랑을 물은 것도 아닌데 쑥스럽다며 휘이휘이 손사래 치던 그녀는 이내 생각지 못한 답을 내놨다.

"선생님. 사실 꿈이랄 게 없지. 그냥 학생 때 본 직업이 선생님밖에 없었어."

순간 교복을 입은 엄마를 떠올려봤다. 엄마의 10대는 어땠을까? 엄마가 할머니와 싸울 땐 어떤 표정을 지었을까? 아빠와 연애하던 20대의 엄마는 어땠을까? 나처럼 울고불고 난리 친 적이 있었을까? 내가 모르는 엄마를 그리며 상상의 나래를 펼치다가 불쑥 다른 질문을 던졌다.

"그럼 지금은? 지금은 꿈이 뭐예요?"

별 시답잖은 질문이라는 듯 엄마는 내 앞접시에 샤부샤부를 덜어주며 말했다.

"세계 제일 엄마!"

∞

나는 이날을 〈오늘도 꼴랄라라〉 '유주 모녀' 에피소드에 담았다. 콘티를 짜는데 자꾸 해맑은 엄마 미소가 생각났다. 기억 속 엄마는 참 행복해 보였는데 그런 엄마를 그리는 난 너무 슬퍼서, 우두커니 빈 캔버스를 바라봐야 했다. 뿌예졌다 선명해지기를 반복하던 그 울퉁불퉁한 캔버스를.

"정가가 얼마였을지 가늠할 수 없을 정도로 덕지덕지 스티커가 붙어 있던 라벨에는, 다행히 지금 내가 딱 살 수 있을 만큼의 가격이 적혀 있었다. 나는 왠지 고작 89,000원으로 고맙다는 말을 듣는 게 부끄러웠다. 그러나 한없이 좋아하는 당신을 보며, 나는 그 마음을 기꺼이 받아들이기로 했다. 이 맑은 웃음 뒤에 상처를 숨기며 살아왔구나. 나는 또 이렇게, 나의 엄마를 알아간다."

<오늘도 꽐랄라라> 39화 중에서 -

엄마에겐 어울리는 단어가 있다. '쇼핑'이라던가 '사치'라던가 '휘황찬란'이라던가. 그러니까, 엄마에게 어울리지 않는 단어는 없다. 어울리지 않을 것이라 어림짐작한 나의 무관심만 있을 뿐이다.

완벽한 쌍년도 효녀도 아니라서
나도 담백해지고 싶다

어릴 적 나의 빵 취향은 확고했다. 무조건 피자빵이었다. 그것도 싸구려 소시지에 케첩이 잔뜩 버무려진 옛날 피자빵. 지금에야 건강을 생각해서 웬만하면 가공육을 먹지 않는다지만 어렸을 땐 없어서 못 먹는 귀한 반찬이었다. 밥상 위에 소시지가 올라온 순간, 김치는 순식간에 구석으로 좌천됐고 동생들과 치열한 젓가락 쟁탈전을 벌여야 했다. 그때문인지 눈치 볼 필요 없이 오롯이 혼자만의 소시지를 만끽할 수 있는 피자빵이 참 좋았다.

그런데 지금은 피자빵 따윈 쳐다보지도 않는다. 옛날 빵 중에 그나마 손이 가는 것이라곤 깨찰빵 정도랄까. 어릴 적

취향은 온데간데없고 담백한 빵이 좋아져 버렸다. 가장 좋아하는 건 이태원에 위치한 어느 가게의 크랜베리 바게트다. 건크랜베리와 호두가 콕콕 박혀 있는 그 빵은 적당히 고소하고 담백했다. 가성비도 좋았다. 팔뚝만 한 크기의 바게트가 단돈 3천 원! 신기했다. 빵 취향이 바뀌다니. 그것도 피자빵에서 크랜베리 바게트로. 단짠에서 고소함으로 넘어온 혀끝의 간극만큼 내게도 어떤 변화가 있었다는 사실이 새삼스러웠다. 내가 변하고 있구나. 이렇게 담백하게.

∞

나는 가질 수 없는 것들을 갈망하며 늘 불안해했다. 다만, 그럴 때마다 "이번 생은 글렀어"라며 가라앉히기보다는 "덜 흔들리는 곳으로 갈래"라며 물장구치는 쪽을 택했다. 물장구질은 대체로 돈 앞에서 가장 요란했다. 때때로 그런 내가 안쓰럽게 느껴졌지만 어쨌거나 생산적인 방향으로 나아가고 있다는 것을 위안 삼았다.

나는 열심히 사는 것으로 불안을 잠재웠다. 내게 '열심히'의 정의는 '쉬지 않고 꾸준히'였다. 프리랜서가 된 이후로는 더 심해졌다. 시즌 휴재를 하거나 새 작품을 준비할 때면 통장에 10원도 들어오지 않는 달이 길어질까 봐 노심초사했다. 다행히 맹목적으로 열심히 살겠노라 다짐한 것은 아니었다. 부모님으로부터 물리적·경제적으로 완벽하게 독립하게 되면서 비로소 열심히 살아야 할 명분이 생겼다.

"내 집을 갖고 싶어!"

십팔스런 유랑기를 끝내고 내 명의로 된 내 집에서 새로운 정착기를 쓰고 싶었다. 목표가 명확해지자 돈 모으는 것에 더는 스트레스를 받지 않았다. 매주의 시작과 끝을 가계부 점검하는 재미로 살았다. 이번 주 냉장고 파먹기는 아주 성공적이군. 다음 주는 약속이 3개나 있잖아? 다다음 주 유흥비를 줄여보자.

그런데 돈을 모으면 모을수록 자꾸 부모님이 아른거렸다. 아직도 월세를 전전하며 노후 준비는 꿈도 못 꾸는 그들의 미래가, 오롯이 내 몫으로 휘감아지는 것 같아 두려웠다. 언제까지 월세로 생돈 날릴 순 없잖아. 지금에야 소득 활동을 하신다지만 10년만 지나도 일자리가 없을 텐데. 미리 임대주택을 알아봐야겠다. 아, 이 정도 보증금은 있어야 하는구

나. 그럼 지금부터라도 조금씩 모아두자. 나중에 병원비로 써도 되고.

팬히 동생들에게 말하면 부담스러워할까 봐 혼자 적금을 들었다가 재작년부터 노후 비상금이라는 명목으로 함께 모았다. 10년 후에나 쓰게 될 돈이라고 생각했건만 채 1년도 되지 않아 적금을 깼다. 적다면 적고 크다면 큰돈이었다. 보증금도 병원비도 아니고 아빠가 저지른 사고를 수습하는 비용으로. 자식들에게 돈을 빌려달라고 고개 숙인 아빠의 모습보다, 그 나이 되도록 적다면 적고 크다면 큰 그 돈이 없는 아빠의 오늘이 더 서글펐다. 그때서야 현실을 자각했다. 나를 위해 돈을 모으는 건 사치일지도 몰라.

억울했다. 나는 지금껏 부모님의 '사랑'으로만 길러졌는데 왜 그 대가로 그들의 여생을 위해 내 '돈'을 사용해야 하는 걸까. 준비되지 않은 그들의 노후는 결국 자식인 내가 감당해야 할 몫처럼 여겨졌다. 이 와중에도 해준 것이 없기에 쉽게 달란 소리 못하는 그들을 보며, 염치라도 있어서 다행이라며 한시름 놓는 내가 소름 끼치게 싫었다. 몇 번 반찬을 하고 몇 번 밥을 산 것 가지고 나를 효녀라고 자랑스러워하는 부모님이 부담스러웠다. 부모님은 너만 잘살면 된다, 우린 신경 쓰지 말라는 말을 버릇처럼 했지만, 그 말을 들을 때마다 나는 숨이 턱 막혔다. 나는 그들이 신경 쓰지 말라고 해서 단번에 등 돌릴 만큼 완벽한 썅년도 아니었고 그렇다고 내내 신경 쓸 만큼 완벽한 효녀도 아니었다.

나는 '희생'이라는 단어가 싫었다. 자신을 죽여가면서까지 남의 행복을 바라는 것은 결국 행복해진 누군가에게 부담이기 때문이다. 그 행복해진 누군가가 나였기에 완벽한 썅년도 효녀도 아닌 나는 내내 알 수 없는 죄책감에 시달려야 했다. 이를테면 나는 전세인데 부모님은 월세인 것에 대한 죄책감, 나는 해외여행을 자주 가는데 부모님은 그렇지 않은 것에 대한 죄책감 같은 것들. 그 죄책감에서 벗어나고 싶어서 나는 그냥 "내가 돈을 많이 벌면 다 해결될 일들"이라는 결론을 내렸다.

그래서일까. 매일 열심히는 살고 있는데 이상하게 기름에 튀겨지는 기분이었다. 둥둥 떠다니는 불순물을 걸러내거나 온도를 체크할 여력도 없이 그저 발 담그기 급급한 하루하루를 보내는 기분. 덕분에 노릇하게 구워지는 날은 점점 줄어들었고 새까맣게 타버리는 날이 잦아졌다. 기름에 절어

눅눅해진 몸을 겨우 침대 위로 건져내고 나면 이런 생각을
했다.

"도대체 뭘 위해 이렇게 열심히 살고 있는 거지?"

어떤 예능 프로그램에서 모 연예인이 한 말이 떠올랐다.
자녀에게 결핍이 없는 게 고민이라는 것이었다. 때론 결핍
이 삶의 원동력이 되곤 하는데 부족함 없이 자란 아이에게
어떤 결핍을 줄지 고민된다는 것이었다. 있는 사람들은 참
배부른 고민을 하는구나. 그러다 아차 싶었다. 삶은 상대적
이니 함부로 평가할 수 없는 거니까. 그리고 이런 고민을 하
는 좋은 부모를 만난 아이가 한없이 부러웠다.

사실, 나는 "결핍과 열등감으로 버텨내고 있습니다"라고
인정하기까지 오랜 시간이 걸렸다. 좀 더 멋들어진 말로 포
장하고 싶었는데, 아무리 생각해 봐도 결국 결핍과 열등감
밖에는 나를 설명할 수 있는 것이 없었다. 힘들게 받아들인
이 마음이 나보다 더 오래 산 누군가의 깨달음이라는 사실
에 조금은 위로받았다. 그래, 내가 아주 틀린 건 아닐지도
몰라.

"너 크랜베리 바게트 맛 바뀐 거 알아?"

친구로부터 청천벽력 같은 소식을 들었다. 오랜만에 먹은 크랜베리 바게트 맛이 어쩐지 평소보다 시큼달콤하게 느껴지더란다. 가게에 전화를 걸어 혹시 재료가 바뀌었는지 물었다. 아니나 다를까, 건크랜베리에서 홀 크랜베리로 바뀌었고 함량도 높였다는 대답을 들었다. 그런데도 가격은 여전히 단돈 3천 원. 건크랜베리보다 홀 크랜베리가 더 비싼 식재료일 것이다. 함량도 높아졌으니 크랜베리 바게트라는 이름에 걸맞게 풍부한 베리 향을 한껏 느낄 수 있을 것이다. 하지만 내 취향에 딱 맞던 그 빵을 이제 다시는 만날 수 없을 것이다.

밀려오는 아쉬움과 함께 문득 크랜베리 바게트처럼 살고 싶다는 생각이 들었다. 풍미는 덜할지언정 내게는 완벽했던 예전의 그 크랜베리 바게트. 나는 지금 무엇을 덜어내야 더 담백해질 수 있을까. 돈에 대한 강박일까, 부모님의 불확실한 노후에 대한 불안일까, 내 집을 갖고 싶다는 욕심일까.

덜어낸다 한들 당최 얼마나 덜어내야 적당해지는 것인지 잘 모르겠다.

그래도 뭐 어쩌겠어. 계속 물장구쳐야지. 물보라가 일 때마다 부유하지 않도록 발가락에 잔뜩 힘을 준 채. 역시 나는, 덜 흔들리는 곳으로 갈래.

부모와 자식의 기울기가 바뀔 때
무게가 바뀐 거지 중심이 바뀐 건 아니니까

프리랜서가 된 이후 부모님과 보내는 시간이 부쩍 늘었다. 청소노동자인 엄마는 주로 평일에 쉬었고, 택시 기사인 아빠는 비교적 낮 시간이 자유로웠기 때문이다. 마감일만 맞추면 평일이든 낮이든 시간을 낼 수 있는 나는 그들과 자주 만나 밥을 먹고 수다를 떨었다. 덕분에 오랜만에 영암에 계신 할머니 댁도 갔고 돌아다니며 사진도 많이 찍었다.

엄마는 이런 나를 보며 "순한 양 다 됐네"라고 했다. 예전에는 엄마가 무슨 말만 하면 항상 신경질적으로 대꾸했단다. 삼 남매 중 성격도 제일 지랄맞았단다. 역시 여유와 사랑은 가슴이 아니라 지갑에서 열리는 것이 분명했다.

어느 날, 엄마가 단풍놀이를 하고 싶다고 했다. 명소를 찾아가자니 거리가 멀어 좀처럼 일정이 맞지 않았다. 그렇다고 차 끌고 근교로 떠나자니 아빠만 고생스러울 것 같았다. 나는 새벽까지 택시를 모는 그에게 당일치기 운전을 부탁할 만큼 염치없는 사람은 아니었다. 그래서 그냥 기차를 타기로 했다. 목적지는 남이섬이었다.

가평은 그간 MT, 워크숍 등 갖가지 이유로 다녀온 곳이었다. 내게는 더 이상 별 감흥도 감동도 없는 여행지였다. 그러나 부모님과 동행하니 사뭇 분위기가 달랐다. 내가 리드해야 한다는 책임감 때문이었다. 가평역에서 택시를 타고 닭갈빗집으로 이동할 때, 닭갈비가 입맛에 잘 맞나 부모님 반응을 살필 때, 남이섬으로 가는 배를 탔을 때도 내내 긴장의 끈을 놓을 수 없었다.

바짝 쪼그라든 가슴은 남이섬에 도착하고 나서야 겨우 돌아왔다. 다행히 비가 온다는 일기예보가 틀린 덕에 쨍한 하늘과 알록달록한 풍경을 마주할 수 있었다. 아빠는 남이섬 초입, 버드나무 아래, 메타세쿼이아 길 등 스폿마다 자꾸 멈

취 서서 사진 촬영을 부탁했다. 왜 이렇게 고무된 걸까 싶었는데, 친구들과 종종 남이섬에 놀러 왔던 엄마와 달리 아빠는 육십 평생 첫 방문이었다. 왠지 짠해진 나는 거의 잔디밭에 달라붙은 채 최적의 앵글을 찾아 연신 셔터를 눌렀다.

섬을 한 바퀴 다 돌기도 전에 약속된 기차 시간이 다가왔다. 아빠는 저녁 영업을 위해 8시 전에는 동네에 도착해야 했다. 사실상 남이섬에서 머물 수 있는 시간은 4시간 남짓이었다. 아쉬움을 뒤로한 채 우리는 서둘러 가평역으로 향했다. 예약해둔 코레일 앱을 켜 승강장 번호를 확인했다. 7호차였다. 아빠는 이쪽이 7호라며 방향을 틀었는데 보아하니 지하철 승강장 방향이었다. 나는 냅다 아빠 손을 잡고 길을 앞질렀다.

"여긴 지하철 승강장이에요. 기차 타려면 저기로 가야 해요. 이리 오세요!"

아빠는 손을 꼭 잡고 앞장서는 내 뒷모습을 보며 나지막이 말을 흘렸다.

"어릴 땐 내가 너 끌고 다녔었는데 이젠 우리가 끌려다니네."

동네에 도착하니 7시였다. 나는 이대로 헤어지기 아쉬우니 햄버거라도 먹자고 제안했다. 가게에 들어가 키오스크로 햄버거 세트 3개를 주문했다. 부모님은 그새 지갑에서 오천원짜리 지폐를 꺼내고 있었다.

각자도생이 생활신조인 우린 당일치기 여행도 철저하게 예산을 나눴다. 식비는 나, 교통비는 아빠, 입장료는 엄마. 저녁 식사는 일정에 없었기에 으레 그래 왔듯 더치페이를 하려는 모양이었다. 큰돈도 아니니 그냥 내가 사겠노라 했다. 부모님은 10만 원 넘는 한정식을 대접받은 것처럼 고마워했다. 뭐가 그리 고맙냐고 물으니 그냥, 다, 고맙다고 했다. 같이 놀아줘서 고맙고, 기차를 예매해줘서 고맙고, 사진을 찍어줘서 고맙고, 날씨가 좋아서 고맙고, 그냥, 다, 고맙다고 했다. 그 말에 안 그래도 퍽퍽한 감자튀김이 목에 퍽 걸린 것만 같았다. 잽싸게 사이다를 컵째로 들이부었다. 이대로는 안 되겠다 싶어 화제를 바꿨다.

"우리 다음에는 어디 갈까요? 하고 싶은 것도 좋고요."

그러자 아빠는 기다렸다는 듯 답했다.

"교복 입고 싶어. 그거 있잖아. 차이나 카라 달린 까만색 동복. 여름엔 파란 셔츠 입고."

들어보니 영화 〈말죽거리 잔혹사〉에서 봤던 옛날 교복이었다. 문득 국민학교를 졸업한 후 바로 생활 전선에 뛰어든 열네 살의 아빠가 떠올랐다. 친구들이 교복을 입고 등교할 때마다 부러움을 담아 바라보았을 그의 선한 눈망울이 아른거렸다.

"좋아요! 제가 교복 대여해주는 곳 알아볼게요. 가는 김에 야외에서 사진도 많이 찍어요. 지금은 날씨가 추워서 안 될 것 같고. 내년 봄에는 꼭 가요!"

하지만 그해 겨울 코로나19가 창궐했고 아빠의 소원은 아직 이루어지지 못했다.

∞

언젠가 아빠가 '부모와 자식의 기울기'에 대해 말한 적이 있다. 부모가 이끌던 삶이 어느 순간 자식이 이끄는 삶으로 바뀔 때가 오는데 그때가 요즘인 것 같다고 했다. 생각해보니 그랬다. 키오스크가 낯선 그들을 대신해 주문은 자식의 몫이었고, 기차와 지하철이 혼재된 승강장에서 길을 찾는 것도 자식의 몫이었다. 부모님은 시간의 흐름에 따라 자연스럽게 자식 눈치 보는 중년이 되었다.

그러나 무게가 바뀐 것일 뿐 중심이 바뀐 건 아니었다. 누가 더 무거운지 누가 앞장서는지는 중요하지 않다. 그 중심엔 '우리'가 있으니까. 그러니까 나는 아빠가 더는 자식이 이끄는 삶을 부끄러워하지 않았으면 좋겠다. 부모를 이끌 만큼 번듯하게 잘 자란 자식을, 그리고 그 자식을 키운 당신을 자랑스러워했으면 좋겠다. 그렇게 우리가 더 견고해졌으면 좋겠다.

키오스크가 낯선 그들을 대신해 주문은 자식의 몫이었고, 기차와 지하철이 혼재된 승강장에서 길을 찾는 것도 자식의 몫이었다. 부모님은 시간의 흐름에 따라 자연스럽게 자식 눈치 보는 중년이 되었다.

취향도 가난을 탑니다

닭발도 매운맛, 덜 매운맛 취향 따라 있는데

웹툰 작가가 된 후 새삼스레 깨달은 것이 있다면 나는 '덕력'이 부족하다는 것이다. 만화라고 하면 으레 일본 만화에 정통한 덕후의 모습을 떠올리겠지만, 그저 '직업인으로서의 만화가'를 선택한 나는 왠지 태생부터 다른 느낌이었다. 특히 작가님들과 만화·애니메이션 이야기를 나눌 때면 더 그랬다. 내가 본 작품이라곤 맞벌이 부모님을 대신해 친구가 되어준 TV 애니메이션이 대부분이었기 때문이다. 고전 만화와 유명 만화 이야기가 오가는 대화 속에서 나는 "그게 뭐예요?"라며 연신 질문하기 바빴다. 만화뿐만이 아니었다. 그들은 게임, 영화, 연예인 등 준전문가급 취향 하나쯤

은 장착하고 있었다. 하지만 내겐 아무것도 없었다. 지속 가
능한 취향도 취미도 그 무엇도.

돌이켜보면 학창 시절 내내 그랬다. 딱히 덕질하는 연예
인도 없었고 독서나 영화로 조용히 덕심을 품지도 않았다.
지금도 그렇다. 만화를 그리면서도 틈만 나면 글 쓸 생각을
한다. 글을 쓰면서도 사이드 프로젝트를 사냥한다. 어쩌면
잦은 이직과 전직이 여기서 기인한 것은 아닐까 싶을 정도
로 내 관심사는 늘 산재해 있었다.

어느 날, 여동생에게 이 상황에 대해 물어봤다. 나는 왜
무엇 하나 진득이 심취해 본 적이 없을까? 그녀가 대답했다.
"가난과 꿈의 크기는 반비례하거든."

∞

지랄맞은 18번의 이사 유랑기는 '수집은 사치'라는 교훈
을 남겨주었다. 다섯 명이 꾸역꾸역 기어들어 가던 비좁은
집에 만화책은 그저 종이 뭉치에 불과했다. 꾸깃꾸깃 넣어
둔다 한들 곧 꼬린내 나는 반지하 곰팡이에 침략당하기 일
쑤였다. 피겨는 꿈도 못 꿨다. 가난으로 거세된 나의 취향은

결국 '아무것도 소유하지 않는 것'이어야 했다.

문제는 이것이 내 삶을 시나브로 잠식하기 시작했다는 것이다. 돈이 들지 않는 취미로 그림 그리기를 찾은 것. 내가 모으는 것이라곤 문장들이 전부인 것. 웹툰 작가가 되기로 마음먹은 이유 중 하나가 장비 구매를 제외하면 목돈 들어갈 일이 없기 때문이라는 것. 나는 철저하게 '최소 비용 최대 효과'라는 원칙에 근거했다고 자부했지만 때때로 궁상맞게 느껴지는 것을 부인할 수 없었다. 그래서 '가성비'나 '효율성'이라는 단어로 치환하며 애써 위로하곤 했다.

돈을 벌어도 가난한 취향은 변함없었다. 작가가 되면 판 태블릿을 액정 태블릿으로 바꾸겠노라 진작부터 다짐했지만, 400만 원에 육박하는 가격을 보고 한참을 고민했다. 오롯이 나를 위한 것임을 알면서도 자꾸 눈앞에 너울대는 기회비용을 무시할 수 없었다. 이 돈이면 가까운 해외를 몇 번은 갔다 올 텐데. 몇 개월 치 생활비인데. 웹툰 미리보기 몇 개를 결제해야 벌 수 있는 돈인데. 결국, 나는 "장비 바꾸면 적응할 때까지 작업 속도 느려져서 안 돼!"라며 꿋꿋이 판때기를 지켜냈다.

이 지독한 놈은 '시발 비용'에도 에누리 없이 적용됐다. 비합리적인 소비를 스트레스 탓으로 돌리는, 아주 영악하고 고마운 단어라 할 수 있겠다. 나는 특히 배달 음식으로 시발스럽게 돈을 써댔는데 치킨, 탕수육 등 주로 집에서 해 먹기 어려운 메뉴가 많았다. 이마저도 건강 관리를 위해 차츰 줄여갔지만 그래도 딱 하나, 닭발만은 포기하지 않았다.

한번은 시장에서 4천 원이면 사는 닭발을 굳이 2만 원에 시켜 먹는 것이 아까워 직접 요리한 적이 있다. 하지만 조미료 없는 궁극의 맛을 쟁취하는 데 처참히 패배한 후 착실히 배달의 민족에 합류했다.

애석하게도 나는 혼자 닭발 세트를 시켜 먹는 법이 없었다. 계란찜은 집에서 해 먹으면 되는데. 탄산이나 쿨피스를 좋아하지도 않는데. 주먹밥 재료도 집에 다 있는데. 고작 4천 원 더 비싼 세트 메뉴를 하나하나 꼬투리 잡다가 결국 닭발만 단품으로 주문하는 일이 다반사였다. 구질구질하다는 거 안다. 그것도 아주 잘. 하지만 알면서도 고쳐지지 않는다. 뭐든 비용으로 환산하는 가난한 뇌는 얄궂게도 이럴 때만 최상의 컨디션을 자랑했다.

∞

　궁상맞긴 해도 난 지금의 내가 편하다고 말하려다가 혹시
정신 승리인가 싶어 멈칫했다. 아무리 그래도 400만 원도 아
니고 4천 원에 절절매는 건 좀 너무했지? 그래, 정말 시발스
러운 날엔 잘 버텨준 나를 위해 용감하게 닭발 세트를 시켜
보자. 그리고 매콤하게 버무려진 뼈를 오도도 뱉어내며 한
마디 해야지. 닭발도 매운 맛, 덜 매운 맛 취향 따라 있는데,
내 취향이 뭐 어때서!

돈 밝히는 예술가는 천박한 걸까
낭만과 현실의 경계에서

"하고 싶은 일 하면서 사니까 어때? 진짜 부럽다!"

나는 이런 말을 들을 때마다 묘한 죄책감을 느꼈다. 하고 싶은 일을 하는 것도 맞고 좋아하는 일을 하는 것도 맞고 꿈을 이룬 것도 맞지만, 이직하기 애매한 경력 때문에 프리랜서를 선택한 내겐 다소 버거운 시선이었다.

∞

나와 동생들에겐 암묵적인 룰이 있었다. 부모님께 아무것도 부탁하지 않는 것. 가난을 몸으로 배운 우리에게 부탁은 흡사 부담과 같은 무게였다. 셋 중 가장 철이 없던 나는 열여덟이 되어 처음으로 부모님께 부탁을 했다.

"만화가가 되고 싶어요. 미술학원 보내주세요."

만화가는 돈 못 버는 직업이라며 못 들은 체했지만, 나는 알고 있었다. 가늠할 수 없는 미래를 위해 학원비를 담보할 만큼 우리 집이 넉넉하지 않다는 것을. 며칠 후 동생들 몰래 나를 따로 불러낸 아빠는 "너는 마음껏 날아. 날개는 아빠가 달아줄게"라며 학원비를 건넸다. 당시 살던 집 월세와 맞먹는 금액이었다.

집 두 채를 어깨에 진 마음으로 학원에 갔다. 선을 긋고 구를 그리고 연필을 깎는 것이 겨우 익숙해지던 어느 날, 아빠는 내게 미안하다고 했다. 팔레트에 짠 물감이 채 마르기도 전에 생긴 일이었다. 고작 3개월 만에 부러질 날개였다면 애초에 날겠다는 꿈도 꾸지 않았을 텐데. 이후 아르바이트를 하며 학원비를 모아봤지만 이렇게 애써봤자 대학 졸업 후 남는 건 학자금 대출뿐일 것 같았다. 그래서 나는 반대쪽 날개를 마저 꺾고 기꺼이 추락했다.

그로부터 10년 후 만화 시장 판도가 바뀌었다. 웹툰이 대중화되면서 미리보기, IP 사업 등 작가를 위한 다양한 수익

모델이 생겼다. 무엇보다 굳이 출판사를 거쳐 데뷔할 필요가 없었다. 마침 프리랜서의 길을 모색하던 나는 이때다 싶어 시류에 몸을 맡겼다. 솔직히 "웹툰 작가 억대 연봉!" 같은 헤드라인에 솔깃했던 것도 사실이다. 혹 실패하더라도 꿈을 이루고 싶어서 도전해봤다고 퉁치면 꽤 그럴싸한 핑계가 될 것 같았다. 그래서 재능이라고 부르기엔 가볍고 재주라고 부르기엔 무거운 어설픔을 들고, 먹고살기 위해 꿈으로 회귀했다.

작가의 삶은 만족스러웠다. 마감일만 지키면 모든 것이 자유로운 생활도, 장소에 구애받지 않는 작업 환경도, 이렇게 사는데 돈을 벌 수 있는 것도 좋았다. 그런데 작가라는 타이틀은 내게 예상치 못한 포장지를 덧씌웠다. 나는 그냥 직업으로써 이 일을 선택한 것뿐인데 지인들은 나를 꿈을 쟁취한 낭만주의자로 여겼다.

나는 '낭만'이나 '꿈' 따위의 말이 싫었다. 그 말을 듣는 순간 왠지 '예술'을 해야 할 것만 같았다. 무조건 팔리는 작품, 읽히는 작품만 그리고 싶은 내게 그것들은 가당치 않은 단어였다. 낭만은 '가난'과 같은 무게처럼 느껴졌다. 그래서 나는 '돈', '자본주의', '현실', '대중성' 같은 말을 가까이하며 스스로 '예술가'보다는 '대중문화가'라고 다독였다.

그런데 시간이 지날수록 이런 내가 낯 뜨거워지기 시작했다. 돈 밝히는 작가는 너무 천박한 걸까. 죽을 때까지 로맨스만 그리고 싶은데 너무 편협한 생각일까. 비판적인 메시지를 담는 작품을 그려야 작가로 인정받는 건 아닐까. 얼키설키 꼬인 생각들을 안고 살다가 영화〈라라랜드〉를 다시 돌려 보곤 흠칫했다. 언제까지 재즈 같은 낭만이나 꿈꾸며 살거냐고 핀잔을 주는 누나에게 세바스찬이 뱉은 대사였다.

"왜 낭만을 부정적인 것처럼 말해?"

나는 낭만의 반대말이 현실인 줄 알았다. 꿈의 반대말은 돈이며 예술성의 반대말은 대중성인 줄 알았다. 흑백논리 가득한 내 말풍선에 과감하게 X를 그릴 생각조차 하지 못했던 것이다.

∞

한창〈비정상회담〉이라는 토크쇼를 챙겨본 적이 있다. 외국인 패널들이 한 가지 안건을 놓고 토론하는 프로그램이었는데, 개중 굴을 다룬 에피소드가 인상 깊었다. 한국에서 굴은 국밥, 무침, 전, 심지어 생으로 초장에 찍어 먹기까지 하는데 유럽에서는 쉽게 접할 수 없는 고급 식재료라는 내용이었다.

문득 나를 굴 같은 사람이라고 생각하면 어떨까 싶었다. 굴은 그냥 굴일 뿐인데 지리적인 요건에 따라 달리 취급받는 것처럼 나는 그냥 나일 뿐이니 상황에 따라 마음껏 경계를 넘나들어도 상관없다고. 어쨌거나 중요한 건 굴은 어디서나 맛있는 거니까!

그래서 오늘도 여전히 낭만과 현실, 꿈과 돈, 예술성과 대중성 사이에서 저울질하는 나를 이렇게 정의 내리기로 했다. 근본 없음. 줏대 없음. 배짱 있음.

근본 없음

만화든 글이든 제대로 배운 적 없어요. 근본이 없어서 그런가 뭘 해도 어설퍼요. 타고난 사람이 아니니 차차 나아지겠죠.

줏대 없음

예술이고 나발이고 꼭 줏대를 세워야 하나요? 솔직히 전 아직도 잘 모르겠는데요. 하다 보면 답이 있겠죠. 가다 보면 길이 있겠죠.

배짱 있음

그런데 그림을 그리든 글을 쓰든 저는 계속 '이야기'를 할 것 같아요. 그냥, 그런 확신이 들어요.

2부

제대로 울 줄 아는
사람이 되려고

안녕, 나의 작은 아빠

'아빠'가 '아빠의 엄마'를 떠나보내던 날

"막내야!"

낯선 풍경이었다. 환갑을 목전에 둔 아빠는 그곳에서 3일 내내 막내로 불렸다. 내겐 큰 산 같던 아빠가 육 남매 사이에서 이름도, 누구의 아비도 아닌 '막내야'로 불리는 것이 영 익숙지 않았다. 낯선 것은 장례식장 분위기도 마찬가지였다. 곡소리보다는 대화와 웃음소리가 더 일렁였던 공간. 아빠는 "자식들이 마음의 준비를 할 수 있는 시간을 남겨둔 호상이기에 가능한 일"이라고 했다.

오랜만에 모두 모인 가족들은 서로의 안부와 반가움을 전하기에 여념이 없었다. 어쩌나 젠틀한지, 조의금 문제로 서로 날 선 혀를 내두르는 법도 없었다. 납골당으로 이동하다가 들른 설렁탕집에서도 어른들은 젠틀하게 뚝딱 한 그릇을 비워냈다.

할머니의 가물은 몸이 한 줌 재로 변하던 순간에도, 맺힌 눈물을 가볍게 훔칠 뿐 소리 내어 우는 이가 없었다. 갑작스러운 비보에 땅이 꺼져라 오열했던 그 옛날 할아버지의 죽음과는 확연히 다른 모습이었다. 나는 이것을 호상이기 때문이라고 생각했다. 구순의 노모를 보내는 어른의 모습은 저렇게 덤덤하구나 하며 남몰래 경외심을 느끼고 있었다.

∞

식구들은 할아버지 납골함 옆에 할머니를 나란히 모시고 말없이 한참을 바라봤다. 이어 기도하고 묵념하고 서로에게 다시 인사를 나누며 여정을 마무리하던 차였다. 그래, 그 차에, 상복을 반환하러 장례식장으로 돌아가던 차 안에서, 아빠는 갑자기 목놓아 울기 시작했다.

"꺼어어어억. 흐으어엉. 흐읍…… 끄억…… 컥컥……."

흡사 이름 모를 포유류의 울음소리처럼, 45인승 버스를 가득 채운 그 울림은 가히 위협적이었다. 드문드문 끊기는 숨소리마다 "건드리지 마시오"라며 경고하는 것 같았다. 그래서 당황스러웠다. 도대체 왜, 어느 타이밍에, 내내 웃던 당신이 울게 된 건지 알 턱이 없었다. 하지만 누구도 이유를 묻진 않았다. 가끔 여기저기서 훌쩍이는 소리만 작게 새어 나올 뿐이었다.

순간 박하 맛 울렁임이 목을 타고 코끝까지 차올랐다. 뒤늦게 할머니의 빈자리를 체감했기 때문은 아니었다. 송구스럽게도 처음 마주한 아빠가 낯설었기 때문이었다. 저렇게 작은 나의 아빠가.

아빠는 우는 법이 없었다. 사업이 망해 모든 이가 등 돌리고 외톨이가 되었을 때도, 그래서 처자식 몰래 산으로 목을 매러 갔던 일화를 털어놓았을 때도, 아빠 눈동자는 흔들리지 않았다. 할아버지 장례식 말고는 통 우는 모습을 본 적이 없었는데, 또 운다. 본 적 없던 모습이라 낯설 만큼 그 낯섦이 슬플 만큼.

장례식장에 도착해서야 겨우 울음을 멈춘 아빠는 언제 그랬냐는 듯 말끔히 옷을 갈아입곤 식구들에게 안녕을 고했다. 집으로 돌아오는 조용한 택시 안에서 나는 머리를 짜낸 끝에 겨우 한 마디 던졌다.

"삼겹살 드실래요?"

아빠의 소울푸드인 삼겹살은 그의 거친 포효를 쏙 들어가게 할 만큼 기가 막혔다. 어린아이 달래듯 아빠의 앞접시에 한가득 삼겹살을 담았다. 불판을 갈아야 할 만큼 적당히 배를 채웠을 때, 아빠에게 난데없이 눈물이 난 이유를 물었다. 아빠는 대답했다.

"못한 게 너무 많아서……."

나로서는 납득할 수 없는 이유였다. 택시 기사인 아빠는 매일같이 할머니가 계신 요양병원에 들렀다. 오죽하면 요양사가 당신의 이름을 외웠고, 같은 병실에 있는 할머니들이 질투하니 자주 방문하지 말아 달라는 의사의 간곡한 부탁도 받았다. 그런데도 못한 게 너무 많단다. 본인이 먹고살기 힘들어서, 할머니 건강하실 적에 좋은 옷, 맛있는 음식 한 번 대접 못 한 게 서럽고 죄송해서 난 눈물이란다.

할머니는 아빠의 60번째 생일에 돌아가셨다. 그렇기에 아빠는 매년 돌아올 그 날마다 당신의 탄생보다 할머니의 죽음을 떠올리며 마음껏 기뻐하지도 축하받지도 못할 것이 분명했다.

애석하게도, 나는 할머니와 각별한 추억이 없었다. 그래서 이기적이게도, 나는 할머니의 죽음에 빗대어 아빠와 나의 미래를 그렸다. 아빠의 마지막에 나도 저런 모습일까. 죽음은 도무지 익숙해질 수 없으니 아무리 준비된 이별이라도 결국 죄송한 마음만 품게 될까. "납골당은 죽은 자를 위하는 공간이 아니라 남은 자의 슬픔과 죄책감을 덜어주는 곳"이라던 아빠의 말을 그때에는 이해하게 될까.

∞

언제 올지 가늠할 수 없는 먼 미래를 떠올리다 이내 환풍기에 휘 날려버리곤 고깃집을 나왔다. 사거리 횡단보도부터는 서로 가는 방향이 달랐다. 먼저 가라, 나는 됐다, 실랑이를 벌이다 눈치 빠른 본가 방향 신호등이 먼저 켜졌다.

"들어가서 푹 쉬세요."

그 어느 때보다 힘차게 손을 흔들며 그들의 뒷모습을 바라봤다.

작구나. 참 작구나.

그러다 뭐 얼마나 걸었다고 파란불이 깜빡거리기 시작했
고, 또 뭐 얼마나 바쁘다고 부모님은 순식간에 횡단보도를
빠져나갔다. 총총거리던 두 점이 골목을 돌아 사라질 때까
지 그렇게 한참을 바라봤다.

깜빡. 깜빡.

파란불은 아직도 빛나고 있었다.

매정하게.

아빠의 마지막에 나도 저런 모습일까. 죽음은 도무지 익숙해질 수 없으니 아무리 준비된 이별이라도 결국 죄송한 마음만 품게 될까. "납골당은 죽은 자를 위하는 공간이 아니라 남은 자의 슬픔과 죄책감을 덜어주는 곳"이라던 아빠의 말을 그때에는 이해하게 될까.

아빠는 못생겼다
아빠 같은 사람을 사랑하고 싶다

아빠는 못생겼다.

작은 눈, 각진 턱, 세상을 향해 마중 나온 친절한 앞니, 그는 인격이라 말하지만 실은 나잇살에 불과한 똥배까지도. 하지만 나는 아빠를 그리면 떠오르는 모든 것들을 사랑했다. 희끗희끗해진 머리칼, 오른쪽 광대에 난 상처, 거칠고 투박한 손마디, 싸구려 스킨 냄새까지도.

나는 아빠의 수염을 사랑했다.

초등학교 저학년 때쯤이었나. 동생들과 싸운 어느 날 호되게 혼난 적이 있었는데 웬일인지 아빠는 나만 베란다에

나가 있으라는 벌을 내렸다. 아빠가 나만 미워하다니! 당차게 베란다로 뛰쳐나간 나는 쾅 하고 문이 닫힌 순간 곧바로 후회했다. 계속 씩씩대며 열 내기엔 너무 한겨울이었고 달랑 내복만 입은 상태였기 때문이다. 억울하다며 엉엉 울다 잠들었지만 매정한 아빠는 문을 열어주지 않았다. 얼마나 울었을까. 언뜻 온기가 느껴져 게슴츠레 눈을 떴을 때 나를 안고 있는 아빠를 보았다. 얼굴을 비비며 뽀뽀 세례를 퍼붓던 아빠. 살갗을 스치던 그의 수염은 따가웠지만 난 그 까슬함과 따스함이 마냥 좋았다.

나는 아빠의 다정함을 사랑했다.

한창 우울이 극에 달할 때 나는 가족들에게 이 사실을 고했다.

"사실 요즘 좀 많이 우울해요. 근데 나아지려고 노력 중이에요."

가족들과 떨어져 살고 싶어서 선택한 독립이면서 이럴 때만 가족을 찾는다는 게 참 치졸했지만, 나도 내 마음을 털어낼 대나무숲 하나쯤은 필요했다.

며칠 후, 아빠는 연차를 냈다며 내게 드라이브를 제안했다. 강화도에 끝내주는 밴댕이 집으로 안내하겠다며 차를 몰던 아빠는 바다가 보일 때마다 멈춰 섰다. 그때마다 나는 아빠 팔에 내 팔을 휘감고 그와 도란도란 이야기를 나누며 걸었다. 그 겨울 아빠와 함께 맞은 바닷바람은 참 매서웠으나 꽁꽁 언 내 마음이 동하기엔 꽤 적절한 온도였다.

이윽고 도착한 밴댕이 집에서 우린 3만 원짜리 밴댕이 정식을 시켰다. 밴댕이 회, 구이, 무침이 한 상 가득 차려졌는데 푸짐한 만큼 맛도 좋아 먹는 내내 즐거웠다. 술을 안 하는 아빠는 기분이라며 사이다도 한 병 시켜주셨고 우린 잔을 마주치며 나름의 일탈을 즐겼다.

집으로 돌아오는 길, 아빠는 뜬금없이 내게 미국 가는 방법을 물었다.

"미국에 가는 가장 빠른 방법이 뭔지 알아?"

"비행기요?"

"그거 말고. 진짜 쉬운데! 난센스 문제야. 잘 생각해 봐."

"음…… 인터넷? 아닌가? 뭔데요?"

밀당의 고수인 아빠는 한참을 뜸 들이더니 찡긋거리며 말했다.

"사랑하는 사람이랑 같이 가는 거야."

아빠의 대답에 빵 터진 나는 택시가 떠나가라 깔깔댔다. 나는 진작부터 아빠가 나의 연애와 결혼을 기다리고 있다는 것을 잘 알고 있었기 때문이다. 하지만 상황이 상황인 만큼 내가 스트레스받을까 봐 직언은 못 하고 혼자 끙끙 앓고 계셨던 모양이다. 그래서 괜히 가본 적도 없는 미국을 들먹이며 "사랑하는 사람을 만나세요"라는 귀여운 압박을 하고 있는 것이었다.

나는 아빠의 손재주를 사랑했다.

작은 키에 깡말랐던 청년 시절, 아빠는 엄마 가족들에게 결혼 허락을 받기 위해 영암으로 향했다. 가뜩이나 멀미가 심한 아빠는 장시간 이동하며 게워내느라 더 홀쭉해졌다. 그 몰골로 첫인사를 나누었고 할아버지는 할머니에게 "저놈은 밥도 주지 마!"라며 큰소리쳤단다. 이번 판은 글렀다는 것을 직감한 아빠는 새로운 전략을 준비했는데, 바로 당신의 우월한 손재주를 십분 발휘하는 것이었다.

아빠는 매주 전지 가득 손 글씨를 적어 엄마의 안부와 당신의 마음을 전했다. 아빠의 정성에 감동한 할아버지는 결혼을 허락했다. 아빠의 필살기는 요즘도 이어지고 있다. 30주

년 결혼기념일에 엄마에게 금일봉과 직접 쓴 공로상을 수여한다던가, 독립 후 맞은 나의 첫 생일에 꽃다발과 손 편지를 선물하면서 말이다.

하지만 무엇보다 그의 필살기는 나의 보물 1호 '육아 앨범'에서 빛을 발했다. 앨범에는 "사랑하는 나의 딸 마실에게. 네가 이 글을 읽을 수 있고 이해할 수 있는 나이가 되면 엄마랑 아빠는 어느덧 중년이겠지"로 시작하는 편지와 생후 2개월부터 20개월 사이의 내가 빼곡하게 전시되어 있다. 아빠는 그 찰나들을 글로 기록했다.

부모님은 3년이 넘는 연애 끝에 결혼했고 전세금 200만 원짜리 반지하 방에 신혼집을 차렸다. 첫째는 내심 아들을 기대했었다는 섭섭한 말도 빼놓지 않았고 내가 태어난 날은 보슬비가 내렸다는 TMI도 빼놓지 않았다. 하필 내가 거꾸로 자리 잡은 터라 엄마는 거금 100만 원이 넘는 제왕절개 수술을 해야 했다. 엄마는 수술 전 금식해야 한다는 사항을 어기고 먹고 죽은 귀신이 때깔도 좋다며 짜장면을 먹었다. 그래서 내가 건강하게 잘 태어난 것 같다고 했다. 아빠는 "너로 인해 새 삶을 알았고, 너로 인해 사랑의 숭고함도 알았고, 너로 인해 기쁨도 알았다"라고 했다.

그러나 중년이 된 그가 내 생일에 써준 편지는 좀 달랐다. "맛난 것, 입고 싶은 것, 하고 싶은 것, 가고 싶은 것 해주지 못해 아빠 가슴엔 빚진 자 같이 자리 잡고 있다"라고 했다. 아빠에게 나와 함께 한 시간은 기쁨이 미안함으로 바뀔 만큼 가혹했던 걸까. 평생 누군가를 대가 없이 사랑하면서 더 주지 못해 빚진 자 같다는 그 마음을 어떻게 설명할 수 있을까. '부성애'라고 부르기엔 넘쳐나고 '사랑'이라고 부르기엔 부족해서, 나는 그냥 '아빠'라고 부르기로 했다.

∞

아빠는 못생겼다.

그런데 이를 어쩜담. 첫째 딸은 아빠를 닮는다더니 요즘 나는 거울 앞에 설 때마다 이따금 오늘의 아빠를 발견한다. 아이고, 깜짝이야! 이제 함부로 아빠한테 못생겼다고 놀리지 말아야지.

그저, 사랑한다고만 말해줘야지.

당신의 죄책감에 기생하며
절대 엄마처럼 살지 않겠다는 말은

오랜만이었다. 본가에 가는 것도, 엄마가 반찬을 주는 것도. 사실 독립 후 엄마에게 밑반찬을 받은 적이 별로 없다. 엄마가 반찬을 해주겠다고 할 때마다 나는 "혼자 먹고살 만큼은 벌어요"라며 한사코 거절했다. 사회생활 대부분을 조리사로 일한 엄마가 다 큰 딸내미를 위해 또다시 조리대 앞에 서는 건 잔인한 일이라고 생각했기 때문이다.

그랬건만 웬일인지 반찬을 가지러 본가에 오라는 엄마의 기습 공격이 이어졌다. 나는 "에이, 뭘 또 이런 걸" 하며 난감해하다가 반찬이 뭔지 슬쩍 물었다. 엄마는 멸치볶음, 김치볶음, 작두콩볶음이라고 했다.

멸치볶음이라니! 해 먹고 싶었지만 통 손대지 못하고 있
던 음식이었다. 자취하고 나서야 밑반찬이라는 이름에 묻혀
쩌리 취급받던 멸치, 진미채 등을 다시 보게 됐다. 1인 가구
엔 다소 부담스러운 가격의 식재료였다. 온라인몰에서 파는
볶음용 멸치는 500그램에 7,900원, 백진미 오징어는 400그램
에 17,980원이건만, 국내산 삼겹살은 600그램에 10,680원이
다. 그야말로 밑반찬의 반란이었다.

　이후 고기는 자주 사 먹었지만, 반찬을 해 먹는 일은 드물
었다. 다듬고 데치고 무치는 과정도 너무 귀찮았다. 그래서
오랜만에 만나는 엄마표 반찬들이 반가울 수밖에 없었다.

　한데 작두콩이라니. 완두콩, 병아리콩, 렌틸콩은 들어봤
지만 작두콩은 처음이었다. 게다가 굳이 왜 볶는 수고로움
까지 얹어주냐고 하니 엄마는 "우려서 차로 마시면 비염에
좋대"라고 했다.

　그놈의 비염! 엄마는 내가 비염을 안고 사는 건 다 당신
때문이라고 했다. 반지하 신혼집에서 자란 탓에 기관지가
좋지 않은 거라며. 그 죄책감 때문인지 엄마는 비염과 관련
된 정보를 흘려듣는 법이 없었다.

윽! 본가에 들어서자마자 퀴퀴한 냄새가 코를 찔렀다. 꼬린내와 시큼내와 단내가 섞여 영 달갑지가 않았다.

"아, 환기 좀 하고 사시라니까!"

엄마는 작두콩을 볶느라 그런 거라며 창문을 열었다. 하지만 냄새는 쉽게 빠질 기미를 보이지 않았다. 18번째 유랑 중인 본가는 낮은 월세만큼 컨디션이 최악이었다. 나는 그 집이 싫었다. 낮고 어두운 화장실 천장도, 창문의 쓰임새가 의심될 정도로 무럭무럭 피어나는 곰팡이도, 제대로 환기되지 않는 초라한 주방도 모두 싫었다.

지금까지 거쳐 간 집의 내부는 거의 비슷비슷했다. 다가구 주택 사이에 끼어 사느라 층수와 상관없이 볕이 잘 들지 않았다. 리모델링한 집에 산다 한들 건물이 오래된 탓에 스멀스멀 곰팡이가 번지기 일쑤였다. 개미가 있는 집은 바퀴벌레 걱정은 없다더니 하필 둘이 공존하는 평화의 전당에서 살아본 적도 있다.

이 모든 것들에서 벗어나고 싶었던 나는 작업실을 구할 때 몇 가지 우선순위를 정했다. 창문이 컸으면, 볕이 잘 들었으면, 고층이었으면, 바퀴벌레가 없었으면……. 고민 끝에 지금 사는 집을 택했다. 사정에 맞춰 구하다 보니 하수구 냄새와 대왕 바퀴벌레를 룸메이트로 삼게 되었지만, 그쯤이야. 냄새는 세탁실과 화장실 문만 잘 닫으면 살 만했다. 여름마다 엄지손가락만 한 바퀴벌레가 예의를 갖춰 문안 인사를 왔지만 끄떡없었다. 소싯적부터 '바퀴벌레 운동회'를 관람한 내게 놈은 그저 노쇠하여 걸음이 느려진, 그 덕에 잡기 쉬운 조금 큰 곤충에 불과했다. 그래서 더더욱 본가에 가기 싫었다. 내 세상은 충분히 완벽했으니까.

∞

'나는 절대 엄마처럼 살지 않을 거야.'

생각해보면 어려서부터 이 말을 입에 달고 살았다. 타산지석이라는 말은 딱 당신을 그린 말이라고 여길 정도로 나는 엄마의 삶이 이해되지 않았다. 가장 큰 난제는 "엄마는 왜 아빠와 이혼하지 않았을까?"였다. 순식간에 채무자로 전락했을 때, 이후 가난과 궁핍을 전전하게 되었을 때, 돈 벌어오겠다며 아빠가 5년간 집을 비웠을 때도, 왜 엄마는 주렁주

령 달린 자식 셋을 외면하지 않았을까 의아했다. 이혼을 쉬쉬하던 시대였기 때문일까, 아빠를 사랑했기 때문일까, 절절 끓는 모성애 때문일까. 머리가 큰 이후에야 엄마에게 이유를 물어봤다. 엄마는 "어차피 느이 아빠한테 받을 위자료도 없다야"라며 웃어넘겼다. 고작 위자료로 갈음할 수 없는 긴 시간이었는데 엄마는 어떻게 저렇게 무던할 수 있을까.

엄마는 내게 늘 미안하다고 했다. 반찬이 부실해서 미안하고, 일하느라 학교 행사에 참여하지 못해서 미안하고, 꼬박꼬박 용돈을 챙겨주지 못해서 미안하다고 했다. 엄마의 미안함을 먹고 자란 나는 그 말을 들을 때마다 자꾸 거만해졌다. 받은 것이 없으니 줄 것도 없다는 상호 협약을 맺은 것 같았다. 부모님은 용돈 10만 원에도 아이처럼 기뻐했다. 만원짜리 백반을 대접해도 진수성찬이라며 고마워했다. 준 것이 없는 이는 받는 것이 마냥 죄스러웠고, 받은 것이 없는 이는 작은 것을 주면서도 큰소리 냈다.

덕분에 내겐 모든 것을 당신 탓으로 돌릴 수 있는 특권이 생겼다. 학창 시절 매달 용돈을 받았다면 경제관념을 좀 더 일찍 깨칠 수 있었을 텐데. 돈 걱정 없이 계속 미술학원에 다녔다면 지금쯤 더 나은 삶을 살았을지도 몰라. 그 특권 속에서 엄마는 매 순간 죄인이었다. 나는 그렇게 당신의 죄책감에 기생하며 살았다. 내가 당신을 무릎 꿇게 할 수 있는 가장 큰 무기는 나의 존재 자체였다. 그렇게 퍼주고도 미안함밖에 남지 않는 이 기이한 관계를 보며, 나는 절대 엄마처럼 살지 않겠노라 또 한 번 다짐했다.

엄마는 자신은 힘들어도 자식들 인생이 잘 풀리면 만사 오케이라고 했다. 나는 그런 엄마가 이해되지 않았다. 어떻게 자신의 희생을 위안 삼아 타인의 행복을 빌 수 있을까. 유방 조직검사 결과를 하루 앞둔 지난여름. 엄마와 점심을 먹던 나는 불안한 마음을 살짝 흘렸다. 그녀는 무덤덤하게 "너 나이가 몇 갠데 벌써 암이겠냐"라고 했다. 다음 날, 엄마에게 이상 없음을 알리자 핸드폰 너머로 흐느낌이 새어 나왔다.

"얼마나 가슴 졸였는지 아냐. 누구 하나 가려면 내가 가야지. 난 살 만큼 살았는데. 그냥 교통사고 나서 콱 죽어버려도 되니까 나를 데려가는 게 맞지."

몇 번 코를 훌쩍이는 소리를 내던 엄마는 "그럼 됐다"라며 전화를 끊었다. 이렇게 별일 아닌 줄 알았으면 그냥 엄마한테 말하지 말걸. 괜히 쓸데없는 걱정만 끼친 것 같아 후회하던 그때, "절대 엄마처럼 살지 않을 거야"라는 다짐은 "엄마처럼 살 수 있을까?"라는 질문으로 바뀌었다. 누군가를 대신해 콱 죽어버리겠다는 말을 어떻게 저렇게 쉽게 할 수 있을까. 나는 엄마를 대신해 콱 죽어버리겠다는 말을 저렇게 쉽게 할 수 있을까. 끝내 못할 것 같다는 결론에 다다른 어느 날, 엄마는 마늘장아찌를 가져가라며 전화를 걸었다. 갑자기 웬 장아찌냐 물으니 그녀가 나직이 웃으며 답했다.

"마늘이 항암에 그렇게 좋대."

∞

엄마표 멸치볶음, 김치볶음, 작두콩볶음을 들고 작업실로 돌아왔다. 오자마자 어김없이 컴퓨터를 켰고 전기 포트에 물을 올렸다. 오늘은 어떤 차를 마시며 작업을 할까 고민하다가 엄마가 준 작두콩볶음을 꺼냈다. 봉지를 열자마자 고소한 냄새가 코끝까지 번졌다. 콩과 껍질을 통째로 볶은 듯했다. 컵 위에 차 망을 올리고 그 안에 작두콩볶음을 넣었다. 쪼르르 물을 따르자 이내 구수한 향이 온방을 적셨다.

문득 본가를 잠식한 그 꼬린내와 시큼내와 단내를 떠올렸다. 꼬린내는 이 작두콩 때문이었다. 시큼내는 김치볶음 때문이었고 단내는 온갖 잡내를 잡기 위해 켠 향초 때문이었다. 그 냄새들로 엄마의 하루를 그려봤다. 이 와중에 작두콩 탓이라며 창문을 열던 엄마는 무슨 생각을 했을까.

절대 엄마처럼 살지 않겠다는 말은 엄마처럼 살 자신이 없다는 뜻이다. 아무래도 나는, 절대 엄마처럼 살 수 없을 것 같다.

엄마어도 통역이 되나요?

당신의 투박함이 그리울까 봐

"대갱이 갖다줄까?"

대갱이. 엄마가 입 밖으로 내뱉기 전까진 조합조차 해본 적 없는 단어였다. 혹시 내가 잘못 들은 걸까 싶어 '댕댕이'나 '땡땡이'는 아니냐고 물어봤지만, 그녀는 뚝심 있게 대갱이라고 답했다. 엄마가 어렸을 적 자주 먹던 간식이라는 말을 듣고 나서야 사투리라는 걸 알았다. 전라남도 영암이 고향인 엄마는 고등학교를 졸업하자마자 상경했다. 고향을 떠난 지 30년도 훨씬 지났건만 그녀의 뚝심 있는 대답처럼 사투리는 쉬이 꺾일 생각을 안 했다.

대갱이는 개소겡을 뜻하는 방언으로 망둑엇과의 바닷물

고기다. 주로 말려서 먹는다.

하도 생경한 이름이라 검색을 해보니 바싹 마른 몸통과 큰 입, 조악한 이빨을 품은 몽타주를 확인할 수 있었다. 생김새에 기겁한 내게 엄마는 먹기 편하라고 대가리는 다 잘랐다며 애써 달랬다. 참형이라니! 흉측한 몰골에 딱 맞는 형벌이라 생각했지만 사실 나는 대갱이의 더한 미래를 알고 있었다. 녀석은 수령 즉시 냉동실에 수감되리라는 것을.

∞

문제는 대갱이가 아니라 '엄마어'였다. 엄마어란 사투리, 은어, 비문으로 점철된 엄마의 말을 도통 이해할 수 없는 상황을 비꼬는 나만의 용어다. 한국어인데 도무지 해석할 수 없는 '제2한국어'랄까. 이를테면 이런 상황이다.

나: (부모님이 고깃집에 간다는 소식을 듣고) 엄마, 아빠랑 고기 드셨어요?
엄마: 못갔슴. 아빠가 고기 구워요.

맞춤법 오타는 귀엽기라도 하지, 문제는 시제였다. "고기 드셨어요?"라는 질문에 "못갔슴"이라는 과거형으로 답했으니 "안 먹었다"라고 해석하는 것이 맞는데, 뒤에 아빠가 고기를 굽고 있는 현재형이 붙으니 당최 무슨 말인지 알 수 없었다. 고깃집은 못 갔지만, 고기를 사서 집에서 구워 먹고 있다는 걸까? 아니면 아빠를 만나러 가던 중 갑자기 약속이 생겨 엄마는 못 가고, 아빠 혼자 고기를 먹고 있다는 걸까? 엄마어 통역을 위해 생각을 이리저리 뒤집어보다가, 결국 포기하고 전화를 걸었다. 정답은 이랬다.

(아직 고깃집에) 못갔슴. (내가 아빠한테 1시간 후에 도착한다고 했는데, 잘못 이해했는지 벌써 고깃집 도착해서) 아빠가 (혼자) 고기 구워(먹고 있어)요.

두 문장 사이의 블랙홀이 얼마나 큰지, 엄마의 전 우주적 문장 구성력에 나는 "홀!" 하고 헛웃음 쳤다. 그리고 다시 한번 생각했다. 엄마어는 정말이지 지긋지긋하다고.

나는 엄마의 투박함이 싫었다. 엄마의 말은 서울살이를 꿋꿋이 이겨낸 사투리만큼 일터에서 배운 거친 은어들이 꽁

꽁 에워싸고 있었다. 갱년기 이후 부쩍 열이 많아진 엄마는 여름이면 식당 일을 유독 힘들어했다. 냉방장치를 끈 조리대 앞에서 12시간 넘게 자리를 지켜야 했기 때문이었다. 땀과 열로 범벅이 된 엄마는 피부가 제대로 숨 쉬지 못해 여름 내내 부어 있었다. 그리곤 "얼른 다른 일 찾아봐야지. 후앙만 제대로 돌았어도"라며 툴툴댔는데, '흐앙'도 '우앙'도 아닌 저 의뭉스러운 두 음절은 아예 통역을 향한 의지마저 상실시켰다.

스무 번은 더 넘겼을 스무고개 후에 기어코 찾은 '후앙'의 정체는 '환풍기'였다. 어원은 잘 모르겠으나 분명 그들만의 용어일 것이다. 그리고 언어에는 그 사람의 삶이 녹아 있다는 것을 깨닫게 된 어느 순간부터, 나는 엄마를 부끄러워하기 시작했다. 직업에 귀천이 없다는 말은 흡사 사용 설명서와 같다는 것을 체감하던 때였다. 누구나 알지만 대부분 한번 펼쳐볼 일 없는, 외로운 종이 쪼가리.

"엄마, 다시 정확하게 천천히 말해 봐요. 나중에 치매 걸리면 어떡하려고 그래?"

세 살배기에게 한글을 가르치는, 아직 되어본 적도 없는 엄마의 마음으로 그녀의 다음 문장을 기다렸다. 이후 시간이 꽤 걸려도 올바른 문장을 구사하려고 노력하는 엄마를 보며 이대로라면 엄마어 통역은 더 이상 필요 없겠다고 안심하고 있었다.

∞

걱정을 빙자해 엄마에게 건넨 그 한 마디가 얼마나 치졸한 것이었는지 깨닫게 된 계기는 보험이었다. 돈을 쓸 줄도 벌 줄도 모르는 부모님은 일평생 경제관념이 부족했다. 그래서 나는 쓸데없는 보험료를 줄여보려고 부모님 보험 관리를 자처했다. 중복 보장을 줄이고, 버리기 아까운 상품은 최소 금액으로 유지하고, 갱신형을 비갱신형으로 바꾸며 나름 흡족한 보험 설계를 하고 있었다. 그런데 아빠와 달리 엄마만 가입한 어떤 상품에 눈이 갔다. 치매 보험이었다.

10년 만기 해지 시 넣은 만큼은 돌려주는 보장형 상품이었다. 하지만 형편에 맞춰 납입한 금액만큼 보장도 쥐똥만 했는데, 경도 치매 진단비 150만 원에 중증 치매 진단을 받아야만 매달 50만 원씩 지급됐다. 10년 후 물가 상승률을 고려하면 그다지 메리트 있는 상품은 아니라고 생각해 엄마에게

해지를 권유했다. "몰라, 몰라!" 하고 고집을 피우던 엄마는 오랜 망설임 끝에 진심을 토해냈다.

"너네한테 폐 끼치기 싫어서 그래."

식당을, 화장실을, 공사장을 전전하던 엄마는 30여 년의 사회생활만큼 눈치가 빨랐다. "엄마, 다시 정확하게 천천히 말해 봐요"와 "나중에 치매 걸리면 어떡하려고 그래?" 사이에 '미안하지만 난 간병할 자신도 생각도 없어'라는 블랙홀을 금세 읽어낸 것이다. 엄마를 걱정하는 척 자신의 안위만 생각했던 나의 치졸함은 곧장 당신의 무력함이 되어버렸다.

진심을 들킨 수치심 때문이었는지, 자식 눈치 보는 부모를 향한 미안함 때문이었는지, 콕 집어 설명할 수 없는 묘한 기류가 번지고 있었다. 보험을 유지하기로 하고 서로 시답잖은 안부를 물은 후 통화를 끊었다. 이내 숨소리라도 빠져나가면 금방이라도 울까 봐 입을 꾹 다물었다. 꾸역꾸역 목구멍에 무어라도 쑤셔 넣어야만 할 것 같았다. 치열했던 당신의 삶을 송두리째 무시한 나는, 미안함을 그 어떤 방식으로든 드러낼 자격도 없었다.

후다닥 냉동실에 수감되어 있던 대갱이를 꺼냈다. 녀석의 끄트머리에 달려 있었을 대가리를 떠올리다가 그 조악한 이

빨이 생각나 얼른 고개를 돌렸다. 딱딱한 식감이 불편하다고 괜히 물에 불려 먹으면 이도 저도 아닌 맛이 나니, 식칼 뒷머리로 부드러워질 때까지 콩콩 쳐서 꼭꼭 씹어 먹으라던 엄마의 조언을 받들어 그대로 해 먹었다.

대갱이가 바싹 마를 때까지 한참을 기다렸을 엄마의 시간이 너무 귀해서. 그 흉악한 생김새에 깜짝 놀랄 딸이 걱정돼 하나하나 대차게 대가리를 쳐냈을 엄마가 고마워서. 언젠가 투박한 대갱이만큼 투박한 당신의 사투리가 그리울까 봐.

콩콩.

꼭꼭.

꿀꺽.

녀석, 참 꼬숩다.

숨소리라도 빠져나가면 금방이라도 울까 봐
입을 꾹 다물었다. 꾸역꾸역 목구멍에 무어라
도 쑤셔 넣어야만 할 것 같았다. 치열했던 당
신의 삶을 송두리째 무시한 나는, 미안함을
그 어떤 방식으로든 드러낼 자격도 없었다.

작정하고 울고 싶은 밤
우울이 뭐라고 날 살찌우겠어

그런 밤이 있다. 작정하고 울고 싶은 밤. 가슴속에 담아두기엔 너무 울렁거려서 끝끝내 목구멍으로 게워내야만 하는 마음들이 있다. 그때마다 나는 어떻게 울어야 할지 몰라 우왕좌왕했다. "레디~ 액션!" 하고 슬레이트를 쳤지만 수줍음 많은 눈물은 관객도 없는데 자꾸 숨바꼭질을 했다. 쥐어짜듯 성공한다 한들 묘하게 가슴 한구석이 찜찜했다. 대충 휘저은 미숫가루를 가까스로 삼킨 느낌이었다. 그래서 나는 제대로 우는 법을 터득하기로 했다. 감정이 넘쳐흐를 때마다 작정하고 울 수 있도록.

나는 눈물이 많은 편이다. 친구와 대화하다가 말이 너무 예뻐서 울기도 했고, 책을 읽다가 문장이 너무 와닿아서 울기도 했다. 그런데 이상하게 작정하고 울 태세를 갖추면 눈물이 안 났다. 대체로 스트레스를 받거나 우울이 지속되는 나날들이 그랬다. 그때까지만 해도 나는 스트레스를 잠으로 풀고 있었다. 눈앞에 놓인 상황들이 버겁다는 생각이 들 때마다 나는 잠으로 도망갔다. 무언가를 해내야 한다는 사실이 부담스러웠다. 나는 '잠을 자며 면역력을 키우는 중'이라며 자위했다. 웬일인지 밥 먹는 것도 귀찮을 때면 초콜릿 하나 입에 물고 잠들곤 했다. 성실한 배변 활동만이 나를 침대에서 일으키는 유일한 원동력이었다.

이 정도면 꽤 준수한 스트레스 해소법이라고 생각했다. 충분한 수면은 생체 리듬을 건강하게 돌려준다고 믿었으니까. 하지만 스트레스와 우울은 몸이 아니라 마음의 문제였다. '아무것도 하기 싫다'는 무기력이 우울의 전조 증상임을 알고 다른 방법을 강구하기 시작했다. 잠은 마음을 '안'에 담아두는 방식이었다. 아주 잠깐 잊을 순 있지만, 눈을 뜨면 바뀌는 건 아무것도 없었다. 그래서 나는 이것들을 '밖'으로 버리는 연습을 했다.

우선 입 밖으로 뱉었다. 가장 쉬운 방법은 친한 친구에게 전화를 거는 것이었다. 서로 마음의 안부를 물으며 이야기하다 보면 자연스럽게 눈물이 났다. 글에는 힘이 있듯 말에도 힘이 있다. 그리고 나는 힘 있는 사람을 옆에 두고 있다는 사실이 참 든든했다.

문제는 울기였다. 입 밖으로 시원하게 엉엉 뱉고 싶었지만 엉덩이만 붙이고 있자니 영 답이 안 나왔다. 그래서 나는 아주 슬퍼지기로 했다. 슬픈 영화를 찾아보거나 이별 노래를 찾아 들었다. 노래 가사 하나하나를 곱씹으며 음미하는 과정이 중요했다.

이윽고 상상만으로 눈물이 차오르는 지경에 이르렀다. 나는 주로 사랑하는 사람들이 죽는 상상을 했다. 혹은 엄마, 아빠라는 단어를 떠올렸다. 지금은 글을 쓰며 우는 것이 일상이 됐다. 흐린 날 쨍한 날 구분 없이 덤덤하게 활자를 담는 내가 괴롭기도 하고 기특하기도 해서 자꾸 눈물이 났다. 다행히 마음껏 운 날은 온몸이 개운했다.

이어 몸 밖으로 뱉었다. 나는 종종 혼자 코인 노래방에 갔다. 열과 성을 다해 노래할 때마다 말 그대로 속이 뻥 뚫렸다. 흥이 달아오르면 아이돌로 빙의해 랩과 노래에 맞춰 춤을 췄다. 음정, 박자 다 틀려도 상관없었다. 어차피 문밖에 있는 사람들은 내 궁둥이밖에 볼 일 없으니 얼굴만 사수하면 그만이었다. 운동을 할 때도 비슷했다. 땀과 흥에 한껏 취한 날은 우울과 살이 1킬로그램쯤 빠진 기분이었다.

마침내 나는 집 밖으로 나갔다. 천천히 동네 산책을 하는 것부터 시작했다. 한낮의 여유를 즐기는 사람들 사이에서 나의 오늘을 감사히 여겼다. 사람이 못내 그리울 땐 친구를 만났다. 전화로 못다 한 이야기를 나누다가 감정이 북받치면, 우린 괘념치 않고 함께 울었다. 펑펑 울고 집에 오는 날은 유독 발걸음이 가벼웠다. 가뿐한 마음은 숙면을 불렀고 그런 날이면 왠지 다음날 풍경도 달라 보였다. 이제야 비로소 제대로 우는 법을, 밖으로 버리는 법을 터득한 것 같았다.

∞

요즘은 좀 우울한 것 같다 싶으면 후딱 적색등을 켜고 주문을 왼다. 건강하게 먹자. 술 많이 마시지 말자. 예전처럼 몸 상해가며 감정에 취하고 싶지 않았다. 그건 왠지 자존심이 상했다. 솔직히 살찌면 안 된다는 강박이 생긴 것도 한몫했다. 우울할 때마다 살이 잔뜩 올랐다가 빼기를 반복하다 보니 적당한 몸무게로 사는 게 훨씬 편하다는 것을 깨달았기 때문이다.

그래서 건강하게 먹기 위한 나름의 레시피를 챙겼다. 가장 좋아하는 메뉴는 면두부 파스타다. 레시피는 간단하다. 시중에 파는 파스타 소스에 파프리카, 버섯, 양파, 닭가슴살 등을 넣고 함께 볶는다. 이후 면두부를 넣는다. 면이지만 단단한 제형의 두부이기에 굳이 삶을 필요도 없다. 거의 다 익어가면 위에 체더치즈 한 장을 올리고 녹을 때까지 뚜껑을 닫고 기다린다. 10분이면 뚝딱 완성되는 간단한 레시피다. 밀가루보다야 맛은 덜하지만 우울에 지지 않고 건강하게 한 끼를 해치웠다는 생각에 왠지 더 맛있게 느껴진다.

오늘도 해냈구나! 사소한 성취감에 어깨를 괜스레 으쓱한다. 어쩐지 오늘 하루도 맛있게 잘 소화할 수 있을 것 같다.

오늘도 최선을 다해 죽을 준비를 한다
좋은 죽음이란 무엇일까

"조직검사를 해봐야겠는데요."

그의 메마른 한 마디에 조금 억울하다는 생각이 들었다. 나는 그저 친한 친구 몇 명이 유방외과를 다니기 시작했다는 소식을 들었을 뿐이었다. 게다가 건강 염려증이라는 말을 들을 정도로 툭하면 병원에 마실 가는 나였기에 가벼운 마음으로 들렀을 뿐이었다. 그런데 조직검사라니! 심지어 유방외과는 태어나서 처음이었고 그동안 어떤 병원에서도 내게 조직검사를 권한 적이 없었다.

탕탕탕. 생각보다 경박한 총생검 소리에 이거 혹시 몰래 카메라는 아닐까 기대했지만, 피멍으로 물든 가슴을 보고 나서야 장난이 아니구나 싶었다.

검사를 마치고 집으로 돌아가는 길. 다음 날 있던 약속을 미루려 친구와 통화하다가 주책맞게 길거리에서 펑펑 울었다. 이 와중에 배알도 없는 배는 자꾸 꼬르륵거려서 훌쩍이며 식당가를 두리번거렸다. 그리곤 일절 눈길 한 번 준 적 없던 시래기국밥 집에 들어갔다. 왠지 담백하고 건강한 음식을 먹어야 할 것 같았다. 국밥을 주문하고 기다리는데 구석에서 반주를 즐기고 계신 어르신을 봤다. 국물에는 역시 소준데 이제 술도 못 먹겠지. 그러다 불현듯 어떤 생각 하나가 핑 스쳤다.

'나 지금 얼마 있더라?'

부모님께 병원비를 부탁할 상황은 아니라는 건 진작부터 알고 있었다. 여동생은 학자금 대출을 다 갚은 후 이제야 자기 돈을 모으기 시작했고, 남동생은 결혼을 앞두고 있었다. 내 불확실한 생사 때문에 확실한 미래를 그리는 동생들에게 손을 벌릴 수는 없었다. 그런데 살아 있을 때야 생활력 강하고 독립심 강한 내가 제법 마음에 들었다 쳐도, 죽음 앞에서조차 경제적으로 기댈 사람이 나 자신밖에 없다는 사실이 그렇게 서러웠다. 얼마 전엔 지긋지긋한 월세살이를 끝내고 작업실 전세 라이프를 시작한 터였다. 그래서 억울하고 또 억울했다. 나 이제 좀 살 만해졌는데.

∞

결과를 기다리는 일주일 중 사흘은 내리 울기만 했다. '죽음'을 생각해본 적은 있지만 '죽어 감'을 생각해본 적은 없었기 때문이었다. 단편작 〈모기〉를 준비하면서는 특히 더 그랬다. 나는 화장할 거야. 유족들에게 추모는 작게 했으면 좋겠다고 미리 말해 놔야지. 납골당은 필요 없고 산골장도 상관없어.

죽음이라면 장례만 떠올리던 내게 '죽어가는 과정'은 미지의 세계였다. 심지어 유방암은 더더욱 낯설었다. 〈가슴도 리콜이 되나요〉 연재 당시 주인공 '유빈'의 엄마가 유방암 투병을 하는 에피소드가 있었는데 그때 잠시 살펴본 적은 있다. 5년 내 완치율이 95퍼센트라는 통계나 일명 '착한 암'이라는 별명에 놀라기도 했으나, 대사로도 썼듯 "확률이 정답은 아니잖아. 그냥 숫자일 뿐이지"라는 생각은 변함없었다.

나는 죽음이 두려워 운 것은 아니었다. 억울해서 울었다,

억울해서. 죽기엔 너무 어린 나인데, 애초부터 내 가슴살에 애착은 없었지만 그래도 그렇지 아예 없어지길 바란 건 아니었는데, 아직 못 해본 게 너무 많은데…… 끝도 없이 물고 늘어지는 지독한 악수를 끊어내려 얼른 침대에 누웠지만, 자꾸 흐르는 눈물 때문에 아예 수건을 눈두덩이 위에 올려놓아야 했다.

넷째 날, 퉁퉁 부은 눈을 겨우 뜨고 기어코 컴퓨터 앞에 앉았다. 최악의 경우 치료비와 생계비 모두 자력으로 해결해야 한다는 압박 때문이었다. 가계부 엑셀을 켜고 당장 현금으로 융통할 수 있는 금액을 계산했다. 평균 암 치료비 기사를 보고 재발은 몰라도 최소 한 번은 치료할 수 있겠다며 한시름 놨다.

아, 일은 어쩌지. 마침 조직검사를 받은 날이 〈오늘도 꿜랄라라〉 시즌1 마지막 화를 업로드한 날이었다. 시즌1까지 깔끔하게 끝낸 것은 다행이었지만, 검사 결과에 따라 작품은 미완결로 남게 될 수도 있었다. 담당 PD님께는 뭐라고 하지? 유가족에게 수익 돌아가는지 확인해야 하나? 근데 나 왜 계속 계산기만 두드리고 있지? 모은 돈으로나마 한 번 살아보겠다고 발버둥 치는 내가 가엽긴 했으나 이상하게 눈물이 안 났다. 치료는 눈물이 아니라 돈이 해결해 주는 것이므로.

다섯째 날, 버킷리스트를 펼쳤다. 나의 버킷리스트는 커리어 및 자기 계발·인생·가족·건강·수입 안정화 총 5개 카테고리로 나뉘어 있는데, 그중 미처 체크하지 못한 목록을 살폈다. 운전면허 취득이나 취미 찾기는 차치하더라도 인스타툰을 하지 않은 게 아쉬웠다.

사실 꽤 오래전부터 지금과 다른 그림체와 필명으로 '회색빛 일상툰'을 그려보고 싶다는 생각을 해왔다. 가뿐한 걸음으로 세상을 마주할 때마다 나를 눅눅한 저 바닥끝으로 지독하게 끌어당기는 녀석은 가난이었기에. 언젠가 이 버러지 같은 감정들과 정면 승부하고 싶다는 갈증을 품고 있었다. 다만 그림 그리는 것이 일이 된 내게 원고 외의 작업을 한다는 건 여간 귀찮은 일이 아니었다.

그래서 혹시 결과가 나쁘더라도 좌절하지 말고 꼭 이겨내서 인스타툰으로 남겨야겠다고 생각했다. 인스타툰을 책으로 엮으면 나는 떠나도 인세는 남을 테니까. 그것이 부모님의 이사 유랑기를 끝내는 데 조금이라도 도움이 되었으면 하는 바람이었다.

그런데 조직 채취를 한 부위가 오른쪽인 게 자꾸 마음에 걸렸다. 유방 절제를 하게 되면 팔 쓰기 힘들다는데 그것은 오른손잡이인 내게 더 이상 그림을 그릴 수 없다는 사망 선고와 다를 바 없었다. 하고 싶은 이야기가 아직 이렇게 많이 남아 있는데 그림이 아니면 어떻게 풀 수 있을까. 고민하던 끝에 글을 써야겠다는 결론을 내렸다. 글은 그림보다 표현할 수 있는 범위가 넓었다. 무엇보다 태블릿 펜보다는 키보드를 쓰는 것이 오른쪽 가슴 근육에 덜 부담될 것 같았다. 그러니까 검사 결과가 어떻든, 그때는 꼭 부끄러움 없이 내 이야기를 쓰겠다고 다짐하며 '에세이 출판 계약'이라는 새로운 리스트를 채웠다.

남은 이틀은 왓챠만 봤다. 어차피 무얼 하든 진득이 집중하기는 어려울 테니, 마냥 심신을 멍청하게 놀리고만 싶었다. 울고 싶을 땐 슬픈 멜로, 웃고 싶을 땐 코미디, 심지어 평소 좋아하지 않던 SF까지 찾아 보며 열혈 시청자가 됐다.

그중에서 가장 몰입해서 본 건 애니메이션 〈일하는 세포들〉이었다. 질병에 대처하는 세포들의 일상을 의인화하여 풀어낸 의학 코미디물이다. 단연 눈에 띈 에피소드는 7화 〈암세포〉 편이었는데, 암세포에 맞서 싸우는 백혈구를 향해

연신 "간바레 호중구 센빠이!"를 외쳤더란다. 끝내 암세포
가 죽는 엔딩을 보며 안도했지만 그가 눈 감기 직전 "졌다고
해주겠어. 이번엔 말이지"라는 대사가 나오는 순간, 냅다 육
두문자를 날렸다. 제발 재발은 하지 마, 이 씨발놈아! 코미
디라는 장르가 무색할 정도로 〈일하는 세포들〉은 내게 휴먼
드라마요, 다큐멘터리였다.

∞

검사 결과가 나왔다. 덤덤하게 글을 쓰고 있는 현재를 보
면 예상할 수 있듯 암은 아니었다. 초음파에 잡힌 못생긴 덩
어리는 섬유선종이었고 미세석회화가 있긴 하지만 무어라
단정 지을 수 없는 상태라 했다. 6개월 단위로 추적 검사를
하라는 의사 말이 "어디 한 번 6개월씩 마음 졸이며 살아 보
세요"라는 말처럼 들렸지만, 기분 탓이겠지. 방송국은 분기
별로 개편 압박을 받는다는데 반년마다 인생을 되돌아보는
것도 나쁘진 않겠다 싶었다. 그런데 참 이상했다. 최악의 경
우를 끊임없이 시뮬레이션했기 때문인지 '6개월 후 다시'라
는 조건부 인생이 마치 인생 2회 차의 서막처럼 느껴졌다.

집으로 돌아가는 길. 또다시 시래기국밥 집에 들렀다. 그냥 왠지, 그래야 할 것 같았다. 사실 나는 시래기가 시금치 같은 '타고난 나물'인 줄 알았다. 항상 식탁 위에 완벽하게 조리된 상태로만 봤으니 그럴 만도 했다. 그러다 시래기를 사러 마트에 가서야 무청을 말리면 시래기가 된다는 것을 알았다. 아마 배곯던 먼 옛날, 무 꽁다리조차 버리지 못하고 조리법을 고민하던 조상들의 지혜가 오늘까지 이어진 건 아닐까 싶다.

마침내 모락모락 힘차게 김을 내뿜는 국밥 한 그릇이 내 앞에 차려졌다. 문득 오늘의 나와 참 잘 어울리는 음식이라는 생각이 들었다. 시린 겨울바람을 이겨내고 얼었다 녹기를 반복하며 바싹 말라비틀어지고 나서야 식탁으로 나설 채비를 하는 시래기. 반가워, 나도 오늘부터 인생 2회 차거든. 그동안 많이 힘들었지? 그래도 다행이야. 지금의 넌 그 어느 때보다 맛깔스러워 보이거든. 내 앞에 서기까지 견딘 그의 모진 시간을 애도하는 마음으로 국물 한 모금 남기지 않고 싹 비웠다. 그에겐 이것이 완벽한 죽음이었을 것이다. 그래서 결심했다. 나도 최선을 다해 죽을 준비를 하기로.

∞

'좋은 죽음'이란 무엇일까? 나는 감히 '좋은 삶'과 같은 맥락에 있노라 답하고 싶다. 물론 그에 대한 정의는 사람마다 다를 것이다. 다만 죽음을 생각하던 지난 일주일은 내가 가장 중요하게 여기는 가치가 무엇인지 명확하게 알려주었다.

최소한의 의식주는 보장된 삶

이러니저러니 해도 먹고살 만해야 이상적인 가치들을 떠올릴 여유가 생긴다. 돈이라면 지긋지긋하지만 어쩔 수 없다. 제 몸 건사할 정도의 돈은 있어야 살아갈 수 있다.

나를 사랑하는 삶

내가 나를 배신할 리 없으므로 나는 나를 사랑하기로 했다. 특히 건강에 대해서는 촉각을 곤두세웠다. 식단도 바꿨고 틈틈이 운동도 한다. 좋아하던 술도 6개월간 끊었다. 혹자는 암도 아니면서 뭐 그렇게 유난 떠나며 조롱할지도 모르겠다. 그러나 분명한 건 삶과 죽음은 오롯이 자신의 몫이라는 것이다. 누가 대신 살아주지도 죽어주지도 않는다. 나는 예민한 사람으로 낙인찍힐지언정 생사의 방향은 내가 원하는 모습으로 이끌고 싶다.

마음을 나눌 이가 있는 삶

내 장례식에 누가 와줄까 생각하다가 문득 떠오른 몇몇을 그리니 배시시 웃음이 났다. 그들과의 시간 속에서 난 늘 웃고 있었다. 덕분에 행복했구나 싶어 왠지 짜르르해졌다. 한편으론 그들의 배려를 당연시하지 않으리라 다짐했다. 고마운 사람들을 더 많이 사랑하고 아껴줘야지. 사랑하는 데 시간제한을 두지 않으리.

한 것에 대한 후회는 있더라도, 못 한 것에 대한 미련은 없는 삶

그래서 글을 쓰기로 했다. 아니, 쓰고 있다. 그동안 글쓰기를 망설였던 이유는 가난에서 비롯된 나의 삶을 만천하에 드러내야 한다는 것 때문이었다. 애석하게도 나는 자신의 치부를 타인에게 말하는 것이 그들에게 약점을 쥐여 주는 것과 다름없음을 알고 있었다. 다만 나를 위로하는 글이 누군가에게도 위로가 되었으면 하는 마음을 담아 태블릿 대신 키보드에 손을 올렸다. 더 이상 과거의 치부와 미래의 막연함에 쫄지 않기로 했다.

그러므로 나는, 오늘도 최선을 다해 죽을 준비를 한다. 미련 없이 뒤돌아설 어느 날의 나를 위해.

유언장을 갱신하는 마음으로
천천히 익어가는 중

웹툰 작가 지망생 시절부터 꾸준히 가계부와 버킷리스트를 작성하고 있다. 딱 1년 치 생활비만 갖고 데뷔를 꿈꿨던 내게 계획적인 소비는 필수 불가결했다. 그 제약 속에서 불안함을 느낄 때마다 '내가 만약 작가가 된다면'이라는 싱거운 상상으로 이것저것 하고 싶은 것들을 적었다. 작업실 마련, 반려 고양이 입양, 해외여행……. 물론 적어놓기만 하고 불발에 그친 것들도 많았다. 하지만 1년을 마무리하는 연례 행사로는 충분했다. 소소한 성취들을 죽 둘러보다 보면 그래도 참 열심히 살았구나 싶어 괜히 으쓱해졌다.

∞

　여기에 작년부터 '유언장 갱신'이 추가됐다. 유방암인 줄 알고 눈물 콧물 쏙 뺐던 작년 여름을 계기로 나는 죽음을 받아들이는 연습을 했다. 젊음과 건강과 열정은 영원하지 않다는 것을 깨달았기 때문이다. 자연의 섭리에 따라 나는 서서히 죽어갈 것이다. 그래서 '내가 만약 시한부 선고를 받는다면'을 가정하며 무엇을 해야 하고 할 수 있는지 고민했다. 당시 적어둔 내용을 그대로 옮기면 다음과 같다.

- 가족들에게 알리기
- 연재 작품 무기한 휴재 안내
- 가용 자산 확인
- 보험 청구 가능 여부 확인
- 유언장 작성
- 암 선고 시 눈썹 문신, 가발, 모자 구입
- 치료 과정 잘 기록해 두기
- 인스타툰 연재

이것들을 참고해 유언장을 썼다. 지금의 상황과 심정을 어떤 방식으로든 정리하고 싶었다. 그러다 문득 여동생이 떠올랐다. 그녀는 출장을 갈 때마다 가족 카톡방에 유언장을 사진으로 공유하곤 했다.

"위 사항을 확인하고 동의하시겠습니까? 동의하시면 '네'라고 남겨주세요."

그러면 나는 죽으러 가는 것도 아니고 4박 5일 출장 가는 건데 쩝쩝하게 꼭 이렇게까지 해야 하냐고 쓴소리를 했다.

"당연히 죽으러 가는 건 아니지. 근데 언니, 사람 일은 어떻게 될지 모르는 거야."

물론 나도 지금 당장 죽을 생각은 없었다. 다만 사람 일은 어떻게 될지 모르는 거니까 준비라도 해두자는 마음으로 그녀에게 유언장 작성법을 물었다. 방법은 생각보다 간단했다. 이름, 주소, 내용, 작성일, 날인만 있으면 됐다. 이때 유언장은 반드시 자필로 작성해야 한다. 공증까지 고려한 정식 유언장은 아니었기에 나는 그냥 노트 앱에 타이핑했다.

유언장

유언자: 마실

주소: 대한광역시 민국구 마실로 12-3

전화: 010-123-4567

유언 사항

본인 마실은 다음과 같이 유언합니다.

1. 사망 시 모든 재산과 소유물을 부모님 OO%, 여동생 OO%, 남동생 OO%로 상속합니다.

2. 단, 부모님께는 주택 마련비에 한해 재산을 상속하며 이에 대한 실질적인 관리 및 운용은 여동생이 담당합니다.

3. 사망 이후 발생하는 저작권료 등은 여동생에게 상속하며 여동생은 이를 부모님 OO%, 여동생 OO%, 남동생 OO% 비율로 성실히 배분합니다.

4. 시신 및 유골 처리는 화장을 원하며 산골장도 무방합니다. 장례는 2일장을 원하며 근조화환은 정중히 거절합니다. 49재나 기일은 챙기지 않아도 괜찮습니다. 죽은 자보다는 산 자를 위한 시간을 보내주세요.

5. 당신의 가족이라 행복했습니다.

20XX년 X월 X일

유언자 마실 (날인)

유언장을 다 쓰고 난 후 한참 동안 멍하니 모니터를 쳐다
봤다. 깜빡. 깜빡. 부지런하게 소멸과 생성을 반복하는 커서
를 바라보다 별안간 눈물이 났다. 나름 풍랑에 맞서 잘 싸워
왔다고 생각했는데 내 삶은 고작 다섯 문장으로 정리될 정
도로 담백했다. 허무했다. 죽어서까지 '집의 역사'를 고민하
는 내가 안쓰러웠으나, 그러면서도 "당신의 가족이라 행복
했습니다"를 말하는 건 영락없이 나답구나 싶었다.

다행히 지금까지 유언장이 실행되지는 않았다. 한데 막상
한 번 써놓고 보니 내가 무엇을 삶의 우선순위에 두고 있는
지 명확하게 보여 꽤 마음에 들었다. 그래서 틈틈이 유언장
을 갱신하고 있다. 언젠가 자필로 옮겨야 하겠지만 구체적
으로 언제가 좋을지 생각해본 적은 없다. 정말 죽음이 코앞
에 있는 걸 상상하기가 두려워서인지도 모르겠다.

웹툰은 별 탈 없이 연재 중이다. 수요일까지 자체 마감을
하고 토요일부터 슬금슬금 다음 주 원고를 준비하는, 유언
장을 쓰기 전과 똑같은 업무 패턴을 반복하고 있다. 달라진
게 있다면 글을 쓰기 시작했다는 것이다. 최근에는 인스타
툰도 시작했다. 기록에 대한 집착이자 결의 비슷한 감정에
서 비롯된 것들이었다. 일주일 안에 일 3개를 쳐내기엔 역부

족이라 나 몰라라 하고 손 놓는 날도 있다. 그래도 다시 돌아와 꿋꿋이 엉덩이 붙이는 나를 보고 있노라면, 덕분에 죽을 때 삶에 대한 미련이 조금은 덜할 것 같은 기분이 든다.

∞

우리 집 냉장고의 터줏대감은 계란이다. 단백질이 풍부한 데다가 삶은 계란, 계란 프라이, 계란말이 등 다양한 레시피에 활용할 수 있어 늘 구비해둔다. 개중에서도 계란말이를 가장 좋아하는데 조리 과정이 은근 귀찮다. 계란 3개를 풀어 고르게 젓고 소금으로 간을 한다. 데워진 프라이팬에 기름을 두르고 계란물 3분의 1을 붓는다. 이후 약불로 바꾸어 천천히 익힌다. 다 익기 전에 남은 계란물도 3분의 1씩 나눠 부으며 이어 붙이면 완성된다. 처음에는 불 조절을 못해 계란말이가 스크램블로 둔갑하는 경우가 많았다. 그러나 이제는 제법 능숙하게 뚝딱 만들어낸다.

돌연 이런 생각이 들었다. 천천히 익혀야 맛깔나지는 계란말이처럼 나도 천천히 익어가는 중이라고. 죽음을 향해 달려가며 삶에 대한 미련을 천천히 덜어내는 중이라고. 완

벽한 계란말이가 되지 못하더라도 내게는 다행히 스크램블
이 남아 있다고. 혹 설익더라도 나는 다행히 반숙도 잘 먹는
다고. 그러니까, 뭐든 괜찮다고.

상처받을 바에는 외로운 것이 낫겠지만

ㄴ과 ㅁ 사이에 가운데 손가락을 올리면

어릴 때의 연애는 대개 숫자에 민감했다. 그가 몇 번의 연애를 했는지, 내가 몇 번째 여자인지, 전 여자 친구와 진도는 몇 단계까지 갔는지가 궁금해 그렇게도 물어보고 답했다. 하지만 이 모든 것이 판도라의 상자라는 것을 알게 된 후 나는 굳이 묻지도 답하지도 않았다.

그러다 문득 나의 연애를 떠올려 봤다. 나는 몇 번의 연애를 했고 몇 번의 사랑을 했을까. 그런데 X-boyfriend라 하기에 조금 애매한 사람들이 있었다. 카운트하기 민망할 정도로 너무 짧게 만났거나 연애나 사랑이라 부르기엔 그 단어에 미안해지는 사람들이 그랬다.

∞

우습게도, 나는 연애 한 번 잘못했다가 인간관계에 대한 트라우마가 생겼다. 길게 쓰기에도 버거워 짧게 요약하자면 아래와 같다.

[속보] X의 양다리 눈치채고 4개월 만에 결별 통보!

[단독] 알고 보니 내가 세컨드! 퍼스트는 1년째 열애 중!

[충격] 이름, 나이, 직업 등 모든 정보 거짓으로 밝혀져!

세 줄로 정리하니 간단해 보이지만 감정을 추스르기까지 나는 정말 많이도 울었다. 어쩐지 그날따라 X의 핸드폰 화면에 뜬 낯선 번호를 외우고 싶었다. 싸한 느낌에 번호를 메신저에 추가해보니 내가 아는 이름이 떴다. 나보다 더 오래 활동한 같은 동호회 사람이었다. 그때 직감했다.

'아, 씨발. 나 세컨드야?'

내 인생은 내가 주연인 드라마라고 생각했기에 단 한 번도 조연 혹은 세컨드의 플롯을 그려본 적이 없었다. 심지어 이렇게 뻔한 클리셰의 치정극일 줄은. 다행히 그녀는 "네 년이 우리 오빠 꼬셨지? 난 오빠랑 헤어질 생각 없어!"라며 소리치는 막장 드라마의 주인공은 아니었다. 덕분에 우린 장장 3시간의 통화를 나누며 X의 퍼즐을 맞출 수 있었다.

X는 나를 '선생님'이라고 불렀다. 왜 그렇게 정 없이 부르냐고 물으면 "우리 이제 어린애도 아닌데 서로 존중해야죠"라며 존대했다. 한데 그녀의 애칭도 '선생님'이었단다. 혹시 애칭이 헷갈릴까 봐 X는 이마저도 통일한 거다. 매주 일요일은 외주 작업 때문에 연락이 잘 안 된다는 말은 그녀와 긴 밤을 지내겠다는 말이었다. 나 홀로 떠난 유럽 여행에서 X에게 틈틈이 보낸 사진들은 그녀에게 X의 유럽 출장 알리바이를 제공하는 역할로 둔갑했다. 또 다른 여자를 만난다는 뜻이었다.

X가 한 말이 모두 진짜인지 의구심이 든 나는 그가 근무한다는 회사에 전화를 걸었다. 그런 이름의 직원은 없다고 했다. X의 모교 조교실과 행정실에도 문의했는데 역시 그런 이름의 졸업생은 없다고 했다. X가 본가라며 보여준 집 주소를 찾기 위해 로드뷰까지 열어봤다. 기어코 찾아낸 주소로 등기부등본을 확인하곤 헛웃음이 나왔다. 소유주와 X의 성이 달랐다. 그제야 실감했다.

'X는 모든 것이 거짓이었구나.'

동호회 회장이었던 X는 오랫동안 모임을 이끌고 있었다. 모두 X의 거짓말에 놀아나고 있었다. 더 이상의 피해자가 없기를 바라는 마음으로 사람들에게 X의 정체를 밝혔다. 그러자 X는 매일 새벽마다 전화를 했다. 번호를 차단하자 네가 뭔데 내 인생을 망치냐며 명예훼손으로 고소하겠다는 DM을 보냈다. 메시지 속 나는 철저한 가해자였고, X는 미안은 한데 죄 지은 건 없는 피해자였다. 그 뻔뻔함에 허를 찔린 것도 잠시, 나는 그동안 도대체 어떤 사람을 만난 건지 자괴감이 들었다. 형체는 있으나 실체는 없는 귀신과 함께한 기분이었다.

아마도 X는 리플리 증후군 같았다. 상습적인 거짓말과 행동으로 자신이 만든 허구의 세계를 현실이라고 믿는 사람. 그 세계를 무너뜨린 내게 X가 앙심을 품을까 두려워 얼른 핸드폰 번호부터 바꿨다. CCTV 설치를 알아보고 이사를 알아보고 호신용품을 알아봤다. 스프레이를 사자마자 불량 여부를 확인하기 위해 변기에 뿌려봤다. 매캐한 냄새에 기침이 났다. 순간 변기를 붙잡고 콜록대는 내가 몹시 가엾게 느껴졌다. 안전 이별은 뉴스에나 나오는 이야기인 줄 알았는데…….

부모님께 말하면 걱정하실까 봐 동생들과 가까운 친구들에게 상황을 알렸다. 혹시 내게 무슨 일이 생기면 X를 지목해 달라고 부탁했고, 그들은 재수 없게 왜 그런 소리를 하냐며 화를 냈다. 집 근처 파출소에 데이트 폭력이 우려되니 순찰을 강화해 달라는 민원까지 넣었다.

만반의 준비를 했건만 나는 정작 집 밖으로 나갈 수 없었다. X를 마주칠까 불안했기 때문이다. 현관문 너머로 발소리가 들릴 때마다 나는 이불 속으로 숨어들기 바빴다. 아직 일어나지도 않은 일에 골몰하느라 뜬눈으로 지새우는 밤이 잦아졌다.

∞

나는 똑똑한 사람은 아니어도 똑 부러진 사람이라고 생각했다. 어떤 선택이든 부모님의 도움을 받을 상황이 아니었으니 무엇이든 혼자 해결해야 했다. 덕분에 자립심, 독립심, 깡다구로 무장한 전형적인 '외강내유형 인간'이 되었지만 나는 이런 내가 꽤 마음에 들었다.

하지만 고작 몇 개월의 악몽은 그런 나를 무너뜨리기 충분했다. 똑 부러지긴 개뿔, 내가 한심하게 느껴졌다. 무엇보다 X에게 지속적으로 가스라이팅을 당한 것이 가장 치욕스러웠다.

"너 그런 마음가짐으로는 이 바닥에서 오래 못 버텨."
"너네 집이 가난해서 잘 모르나 본데 예술은 돈이 전부야."
"네 동생이 말은 안 해도 동기들이랑 엄청 비교할걸?"

늘 동갑만 만나왔던 나는 시시때때로 나를 가르치려 드는 X가 연상이라 그런가 보다 했다. 경제적으로 풍요로운 가정환경에서 자란 X가 보여주는 '오빠의 품격'이라고 생각했다. 같은 계통은 아니지만 어쨌거나 나보다 먼저 예술 일을 하고 있던 선배이자, 인생 경험치가 높은 연상이었으니까. 한 번은 내 동생을 너무 깎아내리는 것 같아 뭐라고 하자 "내가 언제 그런 말을 했다고 그래?"라고 소리쳤다. 내가 너무 예민한 것 같다고, 얼굴까지 빨개지며 억울해하는 X를 보자 나는 내 귀에 문제가 있나 싶었다. 끝내 나는 잘못한 것도 없는데 그 위압감에 눌려 "미안해"라며 고개 숙였다.

지금은 선명하게 보이는 것들이 그때는 보이지 않았다.

나는 그런 내가 바보 같고 가여워서 견딜 수가 없었다. 그래서 그 헛헛함을 음식으로 채웠다. 치킨, 피자, 떡볶이, 닭발을 한가득 차려놓고 배가 찰 때까지 먹어댔다. 먹다가 지치면 침대로 곧장 고꾸라졌다. 하지만 속이 더부룩해 제대로 누울 수가 없었다. 그럴 때면 목구멍에 손가락을 쑤셔 넣어 게워낸 후 겨우 잠들었다. 몇 시간 자고 일어나 다시 먹고 토하고 먹고 토했다.

그렇게 몇 날 며칠을 반복하다가 번쩍 눈을 떴다. X가 뭐라고! 꾸역꾸역 침대에서 일어난 나는 일단 샤워를 하기로 마음먹었다. 실오라기 한 겹 걸치지 않은 나를 마주하자 이내 눈꺼풀이 툭 떨어졌다. X를 바라보던 내 눈이, 밀어를 속삭이던 내 입술이, 마주 잡던 내 손이, 그냥 내 몸뚱이 전부가…… 역겨웠다. 샤워기 물줄기에 기대 미친년처럼 꽥꽥대며 구석구석을 씻었다. 손끝이 쪼그라들 때까지 한참을 씻었다.

다음 날, 생활 패턴을 바꾸기 위해 헬스장에 등록했다. 다행히 운동은 잘 맞았고 열심히 땀 흘린 날은 잠도 잘 왔다. 식습관도 다시 제자리를 찾았다. 그래도 마음은 좀처럼 가라앉지 않았다. 심리 상담과 신경정신과 치료 사이에서 고민하다가 먼저 집 근처 상담 센터로 향했다. 불행히도 그곳은 나와 맞지 않았다. 기저에 가부장제가 깔린 상담사의 가치관, 피상적인 격려와 조언까지, 무엇 하나 마음에 드는 게 없었다. 다음 진료를 예약하고 가라는 말에 생각해보겠다고 하고 상담실을 나오려던 찰나, 상담사는 궁금한 게 있다며 뒤통수에 질문을 던졌다.

"근데, 다음에서 무슨 웹툰 그려요?"

상담 내용과는 무관한 질문이었다. 한 시간 동안 울며불며 내 가정사와 연애사, 모든 고민을 토로한 것이 우스울 정도로 그가 내 상처를 가십 취급한 기분이 들었다. 타인에게 마음 터놓기 쉽지 않다는 것을 깨달은 나는 아예 진료를 포기했다.

흔히들 말한다. 시간이 약이라고. 사람은 사람으로 잊어야 한다고. 하지만 시간이 약이라면, 복용 방법도 모른 채 약효만 기다리기엔 내 시간이 너무 아깝지 않을까? 사람은 사람으로 잊어야 한다면, 나는 누군가를 잊기 위해 또 다른 누군가를 이용하는 것 아닐까?

무엇보다 나는 X의 그림자에서 벗어날 수 없었다. 누구를 만나든 무슨 말을 하든 다 거짓말처럼 들렸고, 모든 상황을 X에 빗대어 생각했다. 동호회 활동이 취미라고? 여자 많겠네. 갑자기 왜 연락이 안 되지? 딴 년 만나는 중인가. 내가 마음에 든다고? 무슨 꿍꿍이지.

비단 남녀 관계뿐만이 아니었다. 새로운 사람을 만나는 것 자체가 어려워졌다. 워낙 사람을 좋아하던 나는 누구에게든 먼저 다가가 말 붙이는 성격이었다. 그런데 어느샌가 물꼬만 트고 물러서기 시작했다. 물꼬를 트고 도랑에 물이 차오르면 둑을 세우기 바빴다. 누군가의 색으로 물드는 것이 겁났다. 상처받을 바엔 차라리 외로운 것이 나았다.

∞

'님'이라는 글자에 점 하나만 찍으면 '남'이 된단다. ㄴ과 ㅁ을 잇는 모음의 생김새에 따라 정반대의 뜻이 되다니, 우연이라기에는 너무 절묘하다.

그런데 나는 여기에 다른 모음을 넣어보고 싶다. 가볍게 심호흡을 하고 조용히 가운데 손가락을 올려보자. 좆같으면 좆같을수록 더 힘차게! 이어 좆같이 떠오른 'ㅗ'에 '놈'이라는 글자가 완성되면 신나게 한바탕 욕을 퍼붓는 거다. 씨발놈! 개새끼! 썹새끼! 좆같은 새끼! 하지만 애석하게도 내 욕은 영 다채롭지 못했다. 이럴 줄 알았으면 차진 욕 좀 더 배워둘 걸.

∞

연애를 시작했다. 새로운 사람을 만날 때면 나는 절대 콤플렉스를 드러내지 말자고 주문처럼 외웠다. 그런데 웬일인지 그에게는 나의 가난과 비루한 연애사를 술술 털어놓고야 말았다. 내 상처를 얼추 알고 시작한 만남이었지만 어쩐지 나는 그의 얼굴을 마주할 때마다 죄스러웠다. 여전히 X의 그림자가 나를 옭아매고 있었기 때문이다. 마음껏 감정에 충실하고 싶었지만 마음이 마음대로 되지 않았다. 솔직히, 그가 나를 멍청하다고 생각할까 봐 두려웠다. 한참을 고민한 끝에 나는 그에게 이 감정을 고백하기로 했다. 더불어 이런 내가 버겁진 않은지 물었다.

"난 네 그릇이 정말 크다고 생각했어. 장독대 같달까."

그는 장독대에 물을 한가득 채워보겠노라 했다. 새나 안 새나 확인하려는 것이냐는 나의 물음에 그는 샌다는 생각 자체를 안 해봤다고 했다. 이어 지난 과거는 두고두고 자신을 괴롭히기 위해 존재하는 것만은 아니라고 했다. 덕분에 더 단단해진 내가 그에게 올 수 있었다고 했다. 나는 그의 투박한 '장독대론'에 콧방귀를 뀌었지만, 사실 기뻤다. 비와 눈과 바람과 계절을 품으며 더 맛있는 장을 묵혀가는 장독대. 누군가에게 '깨지지 않는 단단한 사람'으로 기억될 수 있다는 건 이토록 기쁜 일이었구나.

　우리는 평범했다. 함께 밥을 먹고 차를 마시고 드라이브를 하러 갔다. 종종 작은 일로 다퉜고 너무 다른 서로를 이해하지 못했고 그러다 끝내 헤어졌다. 그 평범함 속에서도 나는 그를 온전히 믿지 못했다. 그는 과거에 머물러 있는 내가 안타깝다고 했다. 언젠가는 꼭 벗어났으면 좋겠다고 했다. 나도 그럴 수 있었으면 좋겠다고 했다. 그리고 평범한 연애를 할 수 있어 좋았다고 했다.

　땅속에 묻어 둔 장독대를 밖으로 옮겨 본다. 포슬포슬한 흙을 훌훌 털어내고 뚜껑을 연다. 안은 텅 비어 있다. 천천히 물을 길 준비를 한다. 장독대 가득 물을 채우려면 얼마나 많은 양동이를 이고 흘리고 담아야 할까. 어김없이 깨지고 부서지고 무너지는 나날이 기다리겠지만, 나는 이상하게 그 끝이 두렵지 않았다.

장독대 가득 물을 채우려면 얼마나 많은 양
동이를 이고 흘리고 담아야 할까. 어김없이
깨지고 부서지고 무너지는 나날이 기다리겠
지만, 나는 이상하게 그 끝이 두렵지 않았다.

이 서비스는 모멸감 포함가인가요?

갑질의 시대에 선 을들의 외침

마지막으로 다닌 회사는 친구가 운영하는 소셜벤처였다. 그곳은 위기청소년과 함께 수제 레몬청을 만들며 아이들의 경제적·심리적 자립을 돕는 예비 사회적 기업이었다. 동갑 내기 4명이 대표 아니면 팀장이었던 놀라운 직급 인플레이션의 현장에서 나는 홍보를 담당했다. 홍보의 범위는 실로 광범위했다. 보도자료 작성, 홈페이지 및 SNS 운영, 체험단 운영, 프로모션 기획까지. 그중 가장 스트레스받는 일은 고객 관리였다. 특히 화가 머리끝까지 뻗친 고객과의 통화는 얼굴 붉히며 씩씩댈 일이 많았다.

극성수기인 5월의 어느 날. 다음날 선물하려 주문한 상품이 파손되어 도착했다며 격분한 고객의 전화를 받았다. 퀵으로 다시 보내드리겠다고 달래 보았지만, 그녀는 어떻게 일을 이따위로 하냐며 되려 목청을 더 높였다. 무조건 죄송하다는 말로 고객을 진정시키는 것이 최우선임을 잘 알고 있었지만, 이상하게 그날따라 너무 억울했다. 몇 주째 제조만 하느라 몸이 축난 상태였고 퇴근 후에는 문서 작업을 하느라 마음마저 지친 상태였다. 그래도 죄송하다고 연신 굽신거려야 통화가 끝날 기세였기에 "고객님, 죄송합니다"라고 말하려고 했는데 나도 모르게 "고갱힘, 제송합……" 하고 울어버렸다.

갑작스러운 읍소에 당황해하는 고객의 표정이 제조장까지 전해졌다.

"아니, 울리려던 건 아니고. 내가 말이 심했죠? 어떡해. 울지 마요, 아가씨. 너무 속상해서 그랬어."

고객은 젊은 처자가 고생이 많다며 위로하고 있었고 그 위로가 뭐라고 마음이 놓인 나는 덜컥 진심을 털어놓고 말았다.

"죄송해요. 제가 눈물이 많아서……."

힘내라는 응원과 덕담까지 나누며 훈훈하게 통화를 마무

리하자, 아이들은 뒤에서 "누나, 눈물이 많아서 어떡해요!"라며 놀려대고 있었다.

그동안 고객과 대면할 일이 없던 내게 전화 상담 업무는 꽤 특별한 일이었다. 말로 상처 주는 사람이 너무 많다는 걸 알게 되었기 때문이었다. 불평·불만에 욕까지 섞어 뱉는 사람, 상품에 대한 불만을 판매자에 대한 인격 모독으로 표현하는 사람, 죄송한 마음에 손 편지까지 써서 새 상품을 직접 배송하면 파손된 상품과 쓰레기를 툭 건네고 들어가는 사람. 그들은 서비스가 기대에 못 미치면 모멸감으로 상대를 응징하는 게 마땅하다고 생각하는 듯했다.

그리고 나는 쓰디쓴 모멸감을 맛보고 나서야 부모님의 삶을 반추했다. 늘 낮은 곳에서 일하던 그들은 더한 모멸감으로 긴 세월을 버텼을 것이다.

∞

아빠는 택시 기사라는 이유만으로 손님들에게 당연한 을이요, 실패한 인생으로 낙인찍혔다. 어느 늦은 밤, 유흥업소 앞에서 만취한 20대 젊은이를 태웠다. 무슨 사달이라도 날

것 같아 승차 거부를 하려 하자, 옆에 있던 아가씨가 막무가
내로 그를 뒷좌석에 밀어 넣었다. 아빠의 우려대로 그 청년
은 자신이 누군지 아냐며, 어느 초등학교 교사라고 꽥 소리
를 질러댔다. 나아가 고학력자인 자신과 달리 운전 따위를
하는 아빠가 불쌍하다며 깎아내리기 시작했다. 무식한 놈이
길도 못 찾는다며 뒤통수를 후려치기까지 하자 결국 아빠는
경찰을 불렀다.

놀랍게도 그는 경찰서에 도착하는 동안 알코올을 분해하
는 초능력을 부렸고, 자신의 직업을 드러내며 그런 적 없다
고 발뺌하는 연기력을 선보였다. 경찰은 점잖은 선생님이
그럴 리 있겠냐며 아빠 말을 유야무야 넘겼고, 집으로 돌아
온 아빠는 직업 때문에 차별받은 것 같다며 풀 죽어 있었다.
똑 부러진 여동생은 우선 그 새끼가 진짜 교사가 맞는지 확
인하기 위해 그가 술김에 나불댄 초등학교 홈페이지를 살폈
다. 세상에, 믿고 싶지 않았지만 그는 진짜 교사였다. 저런
놈에게 우리 아이들의 미래를 맡긴다는 게 한탄스러웠지만
먼 미래의 일보다 그 새끼를 엿 먹이는 게 급선무였다.

여동생은 폭행 및 공무원 품위 훼손을 주요 골자로 사건
일지를 기승전결로 정리해 국민신문고에 올렸다. 그제야 경

찰서에서 연락이 왔다. 그들은 아빠를 차별할 의도는 아니었다며 사과했고 부디 신문고에 일이 잘 처리되었다는 코멘트를 남겨달라고 부탁했다. 이어 그 새끼의 진심 어린 사과를 기다렸지만 콧대 높은 선생님은 직접 연락하는 법이 없었다. 70대 노모만이 그의 굽은 허리를 더 굽혀가며 끊임없이 합의를 부탁할 뿐이었다.

∞

요즘 카페나 식당에 가면 "우리 직원들도 누군가의 소중한 가족입니다"라는 문구를 심심치 않게 볼 수 있다. 감정노동에 시달리는 이들을 위한 여러 장치가 마련되고 있다는 건 분명 반가운 일이다. 그러나 여전히, 화장실을 청소하는 엄마는 분실 신고가 들어오면 횡령을 의심받는 첫 번째 대상이다. 때론 쓰레기봉투에 숨긴 거 아니냐며 의심하는 고객 앞에서 모아둔 쓰레기를 모두 뒤엎으며 스스로 결백을 증명해야 했다. 그저 유니폼에 불과한 청소복을 입었다는 이유만으로 자신을 향해 쓰레기를 던져도 할 말이 없다. 다른 섹션에 분리수거를 잘 좀 해달라는 부탁을 해도 당신이

뭔데 이래라저래라 하냐며 삿대질을 받는다. 그래도 엄마
는, 역시 할 말이 없다. 그저 먹고살려고 버틴다며 우는 엄
마 앞에서 도대체 내가 무슨 말을 할 수 있을까.

　노동자의 인권 따위 생각하기 귀찮다면 차라리 노동의 대
가만 정확하게 치렀으면 좋겠다. 모멸감을 각오하고 살아가
는 이는 없을 테니, 감정은 철저히 배제한 채 얄짤없이 주고
받는 것만 계산하는 삭막한 관계였으면 좋겠다. 삶의 무게
가 지폐의 무게보다 가벼울 리 없다. 그러니 부디 우리 모두
가 타인에게 상처 줄 권리도 타인으로부터 상처받을 이유도
없음을 잊지 않았으면 좋겠다.

고소장 잘 썼다고 칭찬받았다
세상에 이런 미친년이!

두 번째 회사에 다닐 때 짧게 독립을 한 적이 있다. 굳이 '짧게'라고 덧붙인 이유는 독립이라기보단 '가출'이라는 말이 더 적절한 것 같은 멋쩍음 때문이다. 그러니까…… 한 20일……?

당시 강남에 위치한 광고 대행사에 다니던 나는 매일 3시간 반을 지옥철에 갇혀 살았다. 프레젠테이션이 있을 때면 새벽마다 택시를 타고 귀가했고 때때로 근처 찜질방에서 잠깐 눈만 붙인 뒤 출근한 적도 많았다. 폼나게 근방에서 자취해볼까 싶었지만 억 소리 나는 시세를 보곤 기꺼이 240분을 낭비하기로 했다.

그러다 돌연 독립을 결심한 이유는 하나였다.

아빠가 싫어서.

∞

택시를 몰던 아빠는 툭하면 사건·사고에 휘말렸다. 그럴
때면 치료 후 몸이 회복될 때까지 꽤 오랜 시간 집에서 요양
을 해야 했다. 쉽게 말해 그는 실업과 취업을 반복했다. 그
즈음 사회 초년생이었던 나는 이따금 이런 생각을 했다.

'아빠는 왜 돈을 못 벌지?'

그의 무능력함이 서서히 눈에 들어오던 어느 아침. 화장
실로 가는 길에 살짝 열린 안방 문 틈새로 아빠의 웃음소리
가 새어나왔다. 그는 아침 댓바람부터 돼지머리 편육을 먹
으며 TV를 보고 있었다. 나는 돼지머리조차 귀하게 여겨야
하는 우리 집의 궁핍함이 싫었다. 누렇게 뜬 아빠의 메리야
스도 싫었고 화장실에 갈 때마다 '바퀴벌레 운동회'를 관람
하며 쪼그라드는 내 발가락도 싫었다.

그날따라 아빠는 출근 준비로 바쁜 내게 계속 뭐라 말을
걸었다. 무슨 대화가 오갔는지 내용은 흐릿하지만, 내가 마

지막으로 뱉은 한 마디는 선명하게 기억난다.

"가방끈도 짧은 주제에."

영악하게도 나는 어떤 말을 했을 때 아빠가 상처받을지 너무 잘 알고 있었다. 퍽퍽한 살림살이 때문에 국민학교를 졸업하자마자 생활 전선에 뛰어든 아빠는 중·고등학교에 진학하지 못했다. 이것이 아빠의 콤플렉스임을 잘 알고 있던 나는 가장 잔인한 방법으로 그의 심장을 짓이겼다. 그리고 그날, 나는 처음으로 아빠에게 맞았다. 영화 속 한 장면처럼 붕 하고 날아 벽에 부딪쳤다. 아빠를 말리는 가족들 사이로 나는 울며불며 소리쳤다. 나한테 해준 게 뭐가 있냐고. 나가서 돈이나 벌어 오라고. 그로부터 일주일 후, 나는 집을 나왔다.

일주일 만에 독립이 가능했던 건 모 온라인 카페에서 하우스메이트를 구했기 때문이었다. 집의 공용 시설은 자유롭게 쓰되 각자 방에서 개인 생활을 할 수 있었다. 대학로에 있었던 그 집은 나보다 일곱 살 많은 언니 혼자 살던 투룸이었다. 내가 쓰게 된 방에는 침대, 옷장, 책상, 이불, 선풍기까지 완벽하게 구비되어 있었는데, 보증금 없이 매달 월세 25만 원

에 공과금만 나눠 내면 됐다. 당장 서울살이를 하기엔 시간
도 돈도 없던 나는 겁도 없이 모르는 사람과의 동거를 선택
했다.

그즈음 프레젠테이션을 준비하던 때라 새벽에 귀가하는
일이 잦았다. 내가 일찍 출근하고 늦게 퇴근하기 때문인지
같이 사는 동안 그녀와 마주칠 일이 별로 없었다. 회사에 다
닌다는 그녀의 말과 달리 싱크대에는 누가 봐도 삼시 세끼
다 먹은 것 같은 설거짓거리가 쌓여있었다. 그래도 뭐, 상관
없었다. 우리는 하우스메이트니까. 각자 생활에 충실하면
그만이니까.

∞

어느 날, 그녀는 곧 다가올 가을을 준비하라며 도톰한 이
불을 내주었다. 아직 겨울 이불을 덮기 부담스러운 날씨였
다. 그렇다고 호의를 무시할 수는 없어서 선풍기는 켜놓되
배에만 살짝 이불을 덮었다. 밀폐된 공간에서 선풍기 바람
을 쐬면 죽는다는 풍문에 홀려 방문을 조금 열어 놓고 잠들
었다.

얼마나 지났을까. 별안간 그녀가 "이 미친년아!"라며 내
방에 쳐들어와 불을 켰다. 나는 서서히 선명해지는 불빛 사
이로 벽시계를 봤다. 새벽 3시였다. 이내 내 머리통을 몇 대
갈기던 그녀가 무적의 아무 말 대단치를 토해냈다.

"야, 너 왜 선풍기 켜놓고 겨울 이불 덮고 자? 미친년이야?
네가 그렇게 선풍기를 써대서 이번 달 전기세 엄청 나왔거
든? 얹혀사는 주제에 뻔뻔하게!"
"너 비염 맞아? 엄청 콜록대던데? 죽을병 걸렸는데 숨기고
사는 거지? 나한테 옮기려고 작정했어?"
"너 매일 택시 타고 새벽에 집에 오더라? 몸 파는 년이지?"
"남자 친구도 있는 년이 그 나이까지 결혼도 못 하고 어떡할
래?"

태어나서 그런 무논리의 폭언은 처음이었다. 입주 첫날
서로 간단히 나눈 신상 정보를 토대로 그녀는 나를 졸지에
미친년으로 취급했다. 비염은 전염병이 됐고, 프로 야근러
는 창녀가 됐으며, 연애 중이던 나는 남자 친구에게 결혼 선
택을 못 받은 불쌍한 년이 됐다.

무서웠다. 제정신이 아닌 저 여자가 지금 당장 주방에서 식칼을 꺼내 나를 난도질해도 전혀 이상할 게 없는 분위기였다. 이곳은 서울이고, 본가는 너무 멀고, 이 공간에는 나와 그녀 둘뿐이었다. 불현듯 베개 옆에 둔 핸드폰이 떠올랐다. 어디서 그런 침착함이 나왔는지 우선 이 대화를 녹음해야겠다는 생각이 들었다. 상황을 지켜보던 그녀는 "경찰에 신고하려고?"라며 핸드폰을 내동댕이쳤다. 내 아이폰! 아직 할부 안 끝났는데! 다행히 애플은 아이폰을 견고하게 만들었고 구동 상태를 확인한 나는 "아니요"라며 은밀히 녹음 앱을 켰다. 그녀는 착실히 흥분 상태를 유지해주었고 나는 손쉽게 '내가 너를 때렸다'는 말을 녹음했다.

뭐가 됐든 나는 무조건 잘못했다고 했다. 이 집에서 탈출하는 게 급선무라는 생각 때문이었다. 겨우 화를 가라앉힌 그녀는 요란하게 방문을 닫으며 퇴장했다. 그제야 나는 24시간 원룸 이사 업체를 검색했고 경찰서에 몇 대 머리통 맞은 걸로 폭행죄를 물을 수 있는지 문의했다. 가능하다는 대답에 바로 고소 절차를 알아봤고, 녹음 파일을 공증해 줄 속기사를 찾았으며, 팀장에게 개인 사정으로 출근이 어렵다는 연락을 남겼다. 다행히 이사 때 들고 온 박스를 버려두지 않

은 상태였다. 침착하게 짐을 싸던 중에도 그녀는 문 뒤에서
계속 폭언을 퍼부었다. 그중에서도 이 말이 가장 치욕적이
었다.

"너 그냥 고시원 가라. 거기는 보증금도 없잖아. 월 30만
원이면 밥이랑 김치도 준대. 너 같은 30만 원짜리 인생은 고
시원이 딱이야!"

그날 하루는 정말 바빴다. 속기사를 찾아 녹음본을 건넸
고, 고소장을 직접 작성하는 데 많은 공을 들였다. 형사사건
치고는 작은 편이라 변호사를 구할 스케일은 아니었다. 이
어 하우스메이트를 구한 카페에 글을 남겨 피해자 방지를
촉구했다. 그런데 그곳에서 그녀의 상습적인 폭행을 알아냈
다. 2주 만에 그 집에서 나왔다는 한 피해자는 "왜 내 빨래
를 니 맘대로 개!"라는 개 같은 이유로 쫓겨났다. 패션계 인
턴이라 야근이 많았던 그녀에게 창녀 드립을 날린 레퍼토리
역시 똑같았다. 다른 게 있다면, 나는 맨손으로 머리통을 맞
았고 그녀는 수건으로 따귀를 맞았다는 것 정도랄까.

위반한 법 조항, 사건 경위, 증거, 증인까지 꽉꽉 채운 고
소장을 들고 경찰서를 찾았다. 경찰관은 혼자 작성한 것 치

고 잘했다며 무심히 한마디 건넸는데, 그게 뭐라고 그렇게 기분이 좋았다. 그로부터 4개월 후 담당 검사를 만났다. 그는 사소한 건이라 많이 구형돼봤자 소액의 벌금 정도일 것이라고 했다. 그리고 꽤 흥미로운 이야기를 전했다. 그녀는 백수였고, 고소장을 받은 후 핸드폰 번호를 바꾸었으며, 몇 번이나 경찰과 검찰 소환에 불응했다. 그리고 임대인 몰래 불법으로 전대차를 행하고 있었단다. 그러니까, 그 집이 지집도 아니었던 거다.

∞

불미스러운 일로 다시 본가에 돌아온 내가 안쓰러웠는지 엄마와 동생들은 유독 나를 잘 챙겨줬다. 아빠와는 여전히 냉랭했지만, 집을 나간 그날에 대해 굳이 말을 꺼내진 않았다. 크지도 않은 집에서 아빠와 어색하게 조우할 때마다 나는 그의 심장을 짓이긴 벌로 미친년을 만난 건 아닐까 생각했다. 멋쩍은 나날들이 이어지던 어느 날, 아빠는 또 어김없이 돼지머리 편육을 사 왔다. 먼저 침묵을 깬 건 아빠였다.

"같이 먹을래?"

나는 뭐라고 대답할까 고민하다가 쭈뼛쭈뼛 그의 옆에 앉
으며 한마디 했다.

　"새우젓 있어요?"

3부

인생이 좀처럼
익숙해지지 않더라도

첫 키스를 만화로 배웠어요
내 첫사랑이 야동왕일 리 없어!

친구들과 첫사랑이 언제였냐는 이야기를 나누다가 첫사랑의 정의에 대해 화끈한 논쟁을 벌인 적이 있다. 크게 '짝사랑 파'와 '남자 친구 파'의 대립이었다. 전자는 '누군가를 좋아했던 첫 감정'을, 후자는 '결실을 맺은 쌍방의 첫 연애'를 주장했다. 내가 맞네 네가 맞네 옥신각신하던 중 사전을 검색하던 친구가 어이없다는 듯 스마트폰을 내밀었다.

"둘 다 맞다는데?"

첫사랑의 사전적 정의는 "처음으로 느끼거나 맺은 사랑"이었다.

반면 첫 키스가 언제였냐는 질문에 그들은 신속하고 명확

한 답을 뱉었다. 모호한 첫사랑의 정의와 달리 첫 키스는 상
대가 분명하게 그려지기 때문이었을 것이다. 문득 나의 첫
키스를 떠올려봤다. 때는 열여덟 살 여름. 상대는 '야동왕'이
었다.

∞

　TV 애니메이션이 만화의 전부였던 꼬꼬마 시절을 지나
중·고등학생이 된 나는 만화방을 드나들기 시작했다. 《윙
크》, 《파티》 같은 순정만화 잡지는 물론 『오디션』, 『홍차왕
자』, 『나나』 등의 만화책에 빠져 살았다. 특히 『타로 이야
기』를 좋아했는데, 가난하고 철없는 부모 탓에 십남매를 이
끄는 맏아들 '타로'의 궁상 코믹물이었다. 당시 친구들 집을
오가며 우리 집이 못 사는 축에 속한다는 것을 깨달았기 때
문일까. 가난해도 씩씩한 타로를 보며 동병상련 비슷한 감
정을 느꼈던 것 같다.

　그중 타로의 넷째 여동생 '혜진'과 타로의 절친이자 혜진
의 약혼자인 '승규'의 첫 키스 에피소드를 가장 좋아했다.
혜진과 승규는 각각 아홉 살, 열일곱 살에 약혼했는데, 혜진

은 자신이 고등학생이 되었음에도 불구하고 아직 스킨십을 하지 않는 승규가 야속하기만 하다. 결국 이 문제로 툴툴대는 혜진에게 승규는 옆에 있던 초콜릿을 먹으며 한 마디 한다. "먹을래?" 그렇게 이어지는 그들의 달달한 첫 키스. 미쳤나 봐! 너무 야해! 한참을 꺅꺅대던 나는 아끼고 아끼던 마지막 페이지를 넘기며 다짐했다.

첫 키스는, 꼭 이렇게 할 거라고.

∞

기회는 열여덟 살이 되어서야 찾아왔다. 당시 사귀던 남자 친구와 나는 22일째 날, 일명 '투투'를 기념하며 키스를 하기로 했다. 작정이야 했는데 정작 우린 키스하는 법을 몰랐다. 알사탕 굴리듯 혀를 굴리면 된다는 카더라 통신에 솔깃했지만 아무래도 이것만으로는 역부족이었다. 그래서 포털 사이트에 키스하는 방법, 키스의 종류를 검색했다. 키스의 종류는 실로 다양했는데 가볍게 서로의 입술을 부딪치는 '버드 키스', 상대의 입안에 공기를 불어넣는 '에어 키스', 딥 키스 상태에서 혀를 더 과감히 움직이는 '프렌치 키스' 등

이 있었다. 하지만 그 누구도 가장 원초적인 질문에는 답해
주지 않았다. 저기, 혀는 어떻게 넣는 거죠? 그때 '초콜릿 키
스'를 떠올렸다.

D-Day. 첫 키스가 서툴 것을 대비해 여러 개의 초콜릿을
준비하기로 한 나는 집 앞 슈퍼에서 'ABC초콜릿'을 샀다.
남자 친구와는 이미 초콜릿 키스를 하기로 합의했지만, 왠
지 봉지째 들고 가기엔 쑥스러웠다. 마치 '너 오늘 이 초콜
릿 다 먹기 전까지 집에 못 가!' 하는 선전포고 같달까. 그래
서 양쪽 바지 주머니에 한 움큼씩 나눠 넣는 치밀함을 선보
였다. 그와 손을 잡고 걸을 때마다 주머니 위로 빼꼼 인사하
는 초콜릿이 부끄러워, 나는 더 깊숙이 녀석들을 숨기기 바
빴다. 이제 우리는 키스만 하면 됐다.

그런데 아뿔싸! 미리 장소를 물색하지 못한 것이 실수였
다. 토요일 거리에는 사람이 넘쳐났다. 거리도 영화관도 롯
데리아도 첫 키스 장소로 적절하지 못했다. 키스 한 번 해보
겠다고 온 동네를 휘젓던 우리는 해가 지고 나서야 포기했
고, 퉁퉁 부은 다리를 이끌고 공원 벤치에 앉았다. 마침 공
원에서는 지역 행사를 끝낸 관계자들이 뒷정리를 하고 있었
다. 그들은 다음날까지 이어지는 행사를 위해 각종 장비들

을 천막 안에 넣어두고 철수했다. 바로 여기다. 도심 속 완벽한 키스 장소! 주변을 살피고 천막 안으로 숨어든 우린 곧 결연한 마음으로 의자 두 개를 꺼냈다. 예상 시나리오는 다음과 같았다.

1. 승규로 빙의한 남자 친구는 초콜릿을 입에 넣고 묻는다. "먹을래?"
2. 혜진이 된 나는 수줍게 고개를 끄덕인다.
3. 우리는 초콜릿을 나눠 먹으며 포털 사이트에서 배운 다양한 키스를 시도해 본다.
4. 달달한 향에 취해 첫 키스를 나눈 후 진한 포옹으로 마무리한다.

그런데 문제는 1번으로 채 가기도 전에 발생했다. 그러니까, 초콜릿이, 녹아버렸다! 그놈의 키스가 뭐라고 뙤약볕 아래 종일 걸었으니 그럴 만도 했다. 우린 개중에서 건실한 놈들 몇몇을 선발했다. 이어 홀쭉해진 기회에 쫄지 않고 빵빵한 설렘을 안은 채 키스 모드에 돌입했다.

마주 앉아 이리저리 머리도 굴리고 초콜릿도 굴리며 보낸

시간. 사실 어떤 기분이었고 어떤 촉감이었는지 또렷하게
기억나진 않는다. 다만, 집으로 돌아가는 버스 안에서 쿵쾅
대는 심장 박동 소리에 맞춰 입술도 함께 콩콩대던 기억이
난다. 입술에도 심장이 달린 걸까 싶어 손가락으로 지그시
눌러보던 기억이 난다. 떨리는 손가락 틈새로 옅은 초콜릿
향이 번지던 기억이 난다. 그로부터 얼마 후, 그가 내게 "친
구들은 입술 말고 다른 데도 키스하던데……" 하던 기억이
난다. 도대체 거기가 어디냐고 물어보려다 왠지 덥석 미끼
를 물면 안 될 것 같아 입을 닫은 기억이 난다. 그렇게 80일
도 안 돼서 차인 기억이 난다. 그런 기억이 난다.

∞

"혀가 무슨 공룡인 줄 알았잖아."

유독 첫 키스를 떠올리며 몸서리치던 친구가 있었다. 싫
지 않아 사귀었지만 좋아지지는 않았던 사람에게 일방적으
로 당한 키스였단다. 공룡 살갗 같은 서걱거림 때문에 떠올
리기도 싫은 기억이라고 했다. 그래도 내 첫 키스는 꽤 낭만
적이었으니 다행이라고 한시름 놓던 찰나, 문득 그의 별명

이 떠올랐다. 그는 학교에서 야동왕으로 불렸다. 헤어지고 나서야 그 학교에 다니던 친구를 통해 전해 들었다. 그는 학교 친구들에게 야동 CD를 구워 판매하며 꽤 짭짤한 용돈을 벌었단다. 나와 함께 한 데이트 비용의 출처가 그것이었다니. 어쩌나 강렬했던지 아직도 그의 별명만 기억날 뿐 이름은 떠오르지 않는다. 그래도 나름 첫 키스 상댄데……. 역시 야동왕보단 '공룡남'이 나은 걸까?

첫 키스 따위 가소로워진 성인이 된 이후 ABC초콜릿은 잘 먹지 않게 됐다. 꼭 야동왕 때문은 아니고, 세상엔 그보다 더 달달한 디저트도 사랑도 넘쳐난다는 걸 알았으니까. 역시 첫사랑은 추억에 머물러야 아름다운 법이다.

내가 너를 갉아먹었구나

Stop 말고 Pause

소셜벤처로 이직하면서 큰돈을 벌겠다는 희망은 애당초 접었다. 수익성에 기반한 사업이 아니었기 때문이다. 돈보다는 가치를 좇으며 살고 싶기도 했다. 그래서 친구가 제안한 법정 최저 임금도 크게 개의치 않았다.

그곳에서 나는 매일 행복하다는 말을 입에 달고 살았다. 정말이지, 일이 너무 재밌었다. 만화 그리기 좋아하는 취미를 벗 삼아 SNS에 만화 카드 뉴스를 올리기도 하고, 사람 만나기 좋아하는 성격을 동력 삼아 고객 인터뷰를 하기도 했다. 교복을 입어보고 싶다는 아이들의 소원을 담아 폐 분교에서 2박 3일 캠프를 열기도 했다. 세상을 위해 작은 날갯짓을 하고 있다는 것도 참 좋았다. 대학생 연합 광고 동아리 동기로 만나 동네 친구, 인턴 동기를 거쳐 회사 상사이자 동료로 확장된 우리 관계가 어쩌면 오늘을 위해 달려온 건 아니었을까 싶을 정도로 좋았다. 물론, 처음에만.

돈은 생각보다 영악한 놈이었다. 돈보다는 가치를 좇고 싶다던 열의는 어디 가고, 구멍 난 지갑 사이로 악의가 무럭무럭 자라고 있었다. 배곯은 신념은 스스로를 곪게 할 뿐이었다. 다음 분기 계획을 세울 때마다 마진이 남지 않는 수제 공정의 한계를 체감해야 했다. 아이들을 위한 기업이니까 내 월급이 밀리는 한이 있어도 아이들 아르바이트비는 꼬박꼬박 입금되어야 했다. 그러다 끝끝내 먹고사는 게 시급해지자 나는 잘못한 것 하나 없는 아이들이 미워지기 시작했다. 그런 내가 끔찍해지기 시작했다. 나는 그 모난 마음들을 깨진 적금으로 겨우겨우 사포질하며 살았다.

∞

돈의 장벽에 무너진 동갑내기 넷은 결국 폐업을 결정했다. 나는 웹툰 작가 지망생이 되었고 친구는 쇼핑몰을 열었다. 사업이 어느 정도 안정화된 후 남자 친구와 결혼을 준비하던 그녀는 종종 우울하다고 했다. 화목한 환경에서 자란 남자 친구와 남아선호사상이 팽배한 환경에서 자란 자신을 비교하다가 생긴 감정이라고 했다.

"그거 메리지 블루 아냐? 결혼 준비하면 한 번씩 그렇다던데."

내 위로가 어쭙잖았기 때문일까. 그녀의 결혼이 가까워질수록 우린 서서히 멀어지고 있었다. 잦았던 연락이 줄었고 가끔 묻는 안부는 만나자는 약속으로 이어지지 않았다. 조금 섭섭하긴 했지만 그저 그녀의 우선순위가 친구에서 가족으로 바뀐 것뿐이라고 생각했다.

나는 운 좋게 웹툰 작가를 준비한 지 1년 만에 데뷔했다. 다행히 일은 즐거웠고 적성에도 잘 맞았다. 완벽하게 내 것이자 내 브랜드를 갖는 일이었으니까. 그러나 일 외의 모든 것들이 아팠다. 그즈음 나는 사람들로부터 상처받는 데 이골이 나기 시작했다. 내 사람이다 싶으면 모든 마음을 내놓는 나와 달리 그 내면에 파고들어 할퀴는 이들을 연달아 만났다. 그리고 끝내, 우울해졌다. 나는 우울해지고 나서야 그녀가 생각났다. 넌 도대체 얼마나 아팠던 거야? 어떻게 버텨

냈어? 지금은 괜찮아? 마침 그녀의 생일을 맞아 축하도 전할 겸 몇 개월 만에 전화를 걸었다.

"생일 축하해! 잘 지내고 있어?"

"고마워. 나야 잘 지내지. 넌?"

그녀는 그저 가볍게 안부를 물은 것뿐인데 나는 "아니"라며 무겁게 받아쳤다.

"나 우울감 비슷한 거 겪는 것 같아. 울고 싶은데 이상하게 눈물이 안 나……."

나의 흐릿한 말 끝에 그녀가 다음을 이었다.

"혹시 지금 시간 돼?"

한적한 평일 오후. 재잘대는 사람들 사이로 우리 목소리가 섞여들었다. 나는 그녀에게 그간 있었던 일을 털어놨다. 우울은 남의 이야기인 줄 알았는데 내가 이렇게 무너질 줄 몰랐다며 울먹였다. 그녀는 한참 동안 내 이야기를 들으며 고개를 끄덕였다. 예전의 우리로 돌아간 느낌이었다.

다행이다, 멀어진 게 아니었구나. 분위기에 취한 나는 슬쩍 그녀에게 섭섭했던 감정도 함께 털어놨다. "사실 최근 우리가 소원해진 것 같다고 느꼈어"라고 말한 후 "근데 내 기우였나 봐"를 붙이려던 찰나, 그녀가 전혀 예상치 못한 말을 뱉었다.

"맞아. 내가 너 일부러 피한 거."

∞

지망생 시절, 나는 끊임없이 나의 행복을 채근했다. 한창 지인들의 결혼 러시가 이어질 때였다. 인생의 다음 단계로 전진하는 그들과 달리 나는 왠지 자꾸만 후진하는 기분이 들었다. 신입 사원 치곤 애매한 나이, 경력직 치곤 모호한 커리어가 날 옥죄어 왔다. 혹 웹툰 작가가 되지 못할 것을 우려해 몇 군데 이력서를 돌려봤지만, 그들은 최근 경력을 기준으로 연봉을 제안했다. 그러니까, 최저 임금이었다.

제대로 주제 파악을 한 나는 아예 직장 생활에 대한 기대를 접었다. 프리랜서로 바닥부터 시작하는 방법밖에 없었다. "이 나이 되도록 무엇 하나 해놓은 게 없다니"로 시작한 자기 비하는 곧 "돈만 벌면 다 행복해질 거야"라는 맹신론에 다다랐다.

내가 맹목적으로 돈을 좇으며 불안에 빠져있던 그때, 친구는 조금씩 자신의 우울을 털어놨다. 단순한 메리지 블루가 아니었다. 남동생과 차별받으며 자라는 동안 모른 척 묵혀왔던 감정들이 뒤늦게 수면 위로 떠오른 것이었다. 하지만 제 감정에 심취해 있던 나는 그녀의 말에 귀 기울이지 않았다. 기어코 내가 "우울증이나 공황장애 걸리는 거 잘 이해 안 돼. 다 마음먹기 나름 아냐?"라며 가시를 뱉은 날. 그녀는 나와 당분간 연을 끊기로 했다.

갑작스러운 그녀의 고백에 멍해 있던 나는 우선 사과부터 했다. 이어 심전 가장 깊은 곳에 숨겨둔 이야기까지 탈탈 솎아냈다. 두 시간 남짓한 대화 후 우린 웃으며 헤어졌다. 그래서 그랬구나. 오해가 아니었구나. 그래도 이렇게라도 알려줘서 참 고맙다고 하며 돌아서는데, 그렇게 안 나던 눈물이 그제야 후드득 쏟아졌다.

나는 내게 상처 주는 사람들과 쉽게 연을 끊는 편이었다. 주로 참고 참다가 터진 일방적인 절연이었다. 굳이 '왜' 연을 끊는지 상대에게 말하지 않았다. 그도 충분히 예측 가능하리라 생각했기 때문이었다. 사실, 몰라도 상관없었다. 어차피 앞으로 볼 일 없는 사람들이니까. 나는 피해자고 상대는 가해자라고 생각하면 그리 어려운 일도 아니었다.

그런데 내가 가해자일 수도 있다는 것을, 그녀가 말해주고 나서야 알았다.

내가 너를 닮아먹었구나.

나는 '왜'를 알려주는 너의 다정함에 부끄러웠다. 내게 상처받았으면서도 우울에 옴짝달싹 못 하는 내가 가여워 기꺼이 먼저 손을 내민 너의 배려에 부끄러웠다. 어떻게 그 감정들을 이겨내고 있는지 번호까지 붙여가며 설명하는 너의 상냥함에 부끄러웠다. 서로가 예민한 것뿐이니 시간을 두면 나아질 거라 여긴 너의 믿음에 부끄러웠다. 그래서 우울을 경험하고 나서야 너를 떠올린 내가, 너무 부끄러워 견딜 수가 없었다.

∞

4개월간 제주살이를 하고 올라온 친구와 오랜만에 약속을 잡았다. 점심으로 무얼 먹을까 고민하다가 근처 꼬막비빔밥 집에 들어갔다. 제주에서 온갖 산해진미를 먹어놓고 왜 또 해산물이냐고 놀려댔지만, 제주의 봄과 여름과 바다를 이야기하는 데 제법 잘 어울리는 메뉴였다. 그러다 슬며시 서로의 마음 안부를 물었다. 그녀는 드디어 부모님께 미안하다는 사과를 받았다고 했다. 우울과 마주한 지 3년 만에 이룬 쾌거였다. 이제야 조금씩 나아지는 것 같다며 울렁이는 그녀에게 나는 조용히 휴지를 건넸다.

인간관계엔 Go나 Stop밖에 없다고 여기던 내게 Pause도 있다는 걸 알려준 사람. 잠시 멈춰도 변하지 않는 풍경이 있다는 걸 알려준 사람. 밖에서 볼 땐 멈춰 있던 시간이 안에서 보면 그저 숨 고르기 할 찰나일 뿐이라는 걸 알려준 사람. 덕분에, 나는 어제의 나를 더 이상 부끄러워하지 않기로 했다.

어떻게 그 감정들을 이겨내고 있는지 번호가지 붙여가며 설명하는 너의 상냥함에 부끄러웠다. 서로가 예민한 것뿐이니 시간을 두면 나아질 거라 여긴 너의 믿음에 부끄러웠다. 그래서 우울을 경험하고 나서야 너를 떠올린 내가, 너무 부끄러워 견딜 수가 없었다.

나의 퇴사 연대기
여자면 조용히 술이나 따르라고?

5년 조금 안 되는 직장 생활 동안 4개 회사에서 3개 직무를 거쳤다. 좋게 말하면 "다양한 경험을 했군요"라고 말할 수도 있겠지만 솔직히 난 왜 한곳에 오래 머물지 못하는 걸까, 사회생활 못하는 유전자가 숨어 있는 건 아닐까, 도대체 뭐가 문제일까 하며 자책하기 바빴다. 그럼에도 불구하고 퇴사에는 늘 분명한 이유가 있었다.

10년 후 내 모습이 저렇다고?

대학 시절, 뒤늦게 카피라이터를 꿈꿨다. 말맛 나는 글귀

168

를 볼 때마다 참 재밌겠다고 생각했다. 그러나 카피라이터는 티오가 별로 없었고 차선책으로 광고 기획자로 방향을 틀었다. 다행히 기획 업무는 나랑 결이 잘 맞았다. 오래전부터 꿈꿨던 광고를 하게 되었다는 이유만으로 매일 나서는 출근길이 설렜다.

당시 내가 다니던 회사는 대기업 인하우스 광고 대행사의 온라인 광고를 담당하는 '대대행사'에 가까웠다. 그래서 오롯이 내 것이라 할 만한 게 없었다. 지금처럼 세련된 디지털 캠페인을 하던 시절도 아니어서 업무의 90퍼센트는 배너 베리에이션이었다.

이 와중에 프레젠테이션에도 계속 참여했는데 1년이 채 안 되는 직장 생활 동안 우리 팀이 수주한 프로젝트는 단 1건이었다. 업무 강도에 비해 성취는 없는 삶. 그때서야 주위를 둘러봤다. 3년 차든 5년 차든 10년 차든 늘 야근이 일상이 된 공간에서 상사들은 행복해 보이지 않았다.

"10년 후 내 모습이 저렇다고? 말도 안 돼!"

그래서 퇴사했다. 몇 개월만 참고 퇴직금이라도 받고 나가라는 주변의 만류에도 불구하고, 쿨하게!

여자면 조용히 술이나 따르라고?

하지만 배운 게 도둑질이라고 결국 또 온라인 광고 대행사로 이직했다. 전 직장 사수가 추천해준 신생 회사였다. 게임 전문 대행사이다 보니 업무 중 일부가 광고주 게임 플레이일 정도로 사내 분위기가 유연했다. 아주 조금 오른 연봉, 아늑한 사무실, 좋은 사람들까지. 모든 것이 완벽했다. 딱하나, 팀장만 빼고.

그는 늘 술을 마셨다. 그리고 늘 지각을 했다. 꼬꼬마 기획자였던 내게 지각은 프레젠테이션 준비로 밤샐 때나 하는 것이었기에, 그의 지각은 경력에서 나오는 특권이라 생각했다. 그는 편한 사이를 자처하며 사적인 이야기도 종종 꺼냈는데, 당시 그의 최대 관심사는 전 직장에서 만난 신입사원과 어떻게 사귈 수 있을까였다.

"마실 씨, 나 그렇게 꽉 막힌 사람 아니니까 뭐든 편하게 말해!"

그는 말끝마다 꽉 막힌 사람 아니라고 강조했지만, 나는 알았다. 꽉 막힌 그와는 절대 친해질 리 없다는 것을.

문제는 역시 술이었다. 퇴근 후 간단히 한잔하자며 모인 자리가 새벽까지 이어졌다. 마지막이라며 들른 오뎅바에서 빌어먹을 사건이 발생했다. 취기가 오른 팀장이 사수에게 자꾸 되지도 않는 트집을 잡기 시작했다. 그 내용이 정확히 기억나진 않는데, 아무튼 아무 말도 못 하고 있는 사수 편을 들어보겠노라 신입의 패기로 "팀장님, 많이 취하신 것 같은데 내일 이야기하시죠"라고 말했다. 그러자 그가 빽 소리를 질렀다.

"신입이 어디 말하는 데 껴들어?"

이어 조용히 어퍼컷을 날렸다.

"여자면 조용히 술이나 따를 것이지!"

그 길로 바로 집에 온 나는 핸드폰을 끄고 이틀을 무단결근했다. 다시 찾아간 사무실에서 팀장과 면담을 했지만 그는 자신의 잘못보다 나를 나무라기 더 바빴다. 내가 조용히 사표를 내밀자 그제야 당황한 기색을 보였다. 술김에 말실수한 거니 한 번 유연하게 넘어가라고, 마실 씨도 이렇게 퇴사하면 이직할 때 모양새가 안 좋다며 회유했지만, 그때의 난 내 자존심이 더 중요했다.

'좋은 상사'와 '좋은 사람'은 다르다고?

퇴사는 쿨했는데 현실은 쿨하다 못해 냉혹했다. 더 이상 광고 쪽으로 발붙이기는 어렵겠다는 생각이 들었다. 이유야 어쨌든 무단결근한 무책임한 사람이라는 사실은 변함없으니, 레퍼런스 체크를 할 때면 불리한 이야기가 나올 것이 뻔했다. 그래서 어쩔 수 없이 전직을 고민했다.

다행히 2개월 만에 웹 기획자로 터를 잡았다. 그 회사는 때마침 홍보 TF팀을 꾸리려던 차였는데 광고업에 종사한 적 있는 중고 신입이 꽤 마음에 든 모양이었다. 처음으로 존경할 만한 상사도 만났다. 웹 기획 팀장님이었다. 그는 타인을 존중하는 언행이 몸에 밴 사람이었다. 꼼꼼한 피드백과 명확한 가이드로 업무 혼선을 주는 일도 없었다. 그를 보며 이런 회사라면 오래 다닐 수 있겠다는 희망을 품었다.

나는 웹 기획과 홍보 TF팀의 업무를 병행하게 되었다. TF팀에서 유일한 사원이었던 나는 회의록 및 보고서 작성, 자료 정리 등을 도맡았다. 그런데 웬일인지 다음 해 홍보 계획서 기안을 내 이름으로 올리라는 지령이 떨어졌다. 제가요? 회의록도 보고서도 아닌 연간 계획서를? 당황한 내게 TF 팀장은 "어차피 회의는 같이할 거고 지금까지 했던 것처럼 마실 씨는 그냥 내용만 정리해서 올리면 된다"라고 했다. 까라면 까야지 뭐 별수 있나. 마치 바지 사장이 된 기분으로 '우리'가 함께 만든 연간 계획서를 올렸다. 그런데 인트라넷에 심상치 않은 코멘트가 달리기 시작했다.

"작년과 다른 게 뭐죠?"
"조금 더 특별한 기획안을 기대했는데 아쉽군요."

기어코 기안이 반려되자 긴급히 홍보 TF가 소집됐고 다시 수정한 기안을 TF 팀장이 올리고 나서야 모든 결재가 이루어졌다. 황당한 일은 다음날 일어났다. 웹 기획 팀장님이 나를 부르곤 멋쩍은 미소를 띠며 입을 열었다.

"앞으로 마실 씨는 홍보 일을 하지 않게 됐어. 당분간 웹 기획 업무만 담당하게 될 거야."

어이가 없네. '우리'가 함께 만든 기획서는 고작 사원급인 '나' 혼자만의 책임으로 묻혔다. 그도 그럴 것이 TF 팀장은 회사 대표의 지인이었다. 힘들게 자문 급 팀장으로 모셔 온 그에게 책임을 묻기는 곤란하니 만만한 사원의 무지함으로 몰아간 게 분명했다. 억울하고 화가 나서 며칠을 고민하다가 결국 팀장님께 퇴사를 고했다.

짧은 직장 생활이었지만 업무적으로도 인간적으로도 존경할 만한 상사를 만나 너무 행복했다, 그 상사가 바로 팀장님이다, 하지만 회사가 나를 원한다는 느낌이 전혀 들지 않고 솔직히 내가 왜 책임을 져야 하는지도 모르겠다, 그냥 이도 저도 쓸모없으니 나가라는 소리처럼 들린다⋯⋯. 그런 말들을 하며 그렁그렁 눈물을 참고 있는데 의외로 훌쩍이는 소리는 반대편에서 흘러나왔다.

"마실 씨, 미안해⋯⋯."

세상에, 팀장님이 울고 있었다. 그가 섬세한 남자라는 것은 잘 알고 있었지만 그렇다고 내 앞에서 울 줄은 상상도 못했다. 순간 별생각이 다 들었다. 입사 면접에서 전 회사 퇴사 사유로 성희롱을 답한 내가 또 불명예스러운 일로 퇴사하는 게 안쓰러워서 우는 걸까. 딱 봐도 사내 정치에는 숙맥이던 그가 결국 나의 좌천을 막지 못해 죄책감을 느낀 걸까. 어쨌든 나를 위해 울어주는 상사가 있다는 사실만으로도 왠지 모를 벅찬 감정이 올라왔다.

송별회와 인수인계까지 깔끔하게 정리하고 퇴사하는 날.

친구가 운영하는 소셜벤처로 다음 행선지를 정했기 때문인지 발걸음이 한결 가벼웠다. 퇴사 축하주를 마시자는 친구의 연락에 당시 한창 유행하던 오뎅바에 갔다. 오뎅바라면 지긋지긋하지만, 그 거지 같은 술고래 팀장이 생각나지 않을 정도로 마음이 홀가분한 상태였다. 앞으로 뭐 해 먹고살 거냐, 소셜벤처 돈 안 될 텐데 괜찮겠냐 등 이런저런 이야기를 하다가, 나는 "그래도 좋은 상사를 만나 나름 괜찮은 직장 생활이었다"라고 소회를 풀었다. 그러자 감상에 젖은 내가 무안할 정도로 친구가 버럭 화를 냈다.

"야! 좋은 상사는 무슨! 그냥 좋은 사람이지!"

그의 논리는 이랬다. 인간적으로 좋은 사람이었을지 몰라도 결국 너의 퇴사를 막을 힘은 없는 나쁜 상사였다고. 너 대신 울어준다고 좋은 상사인 건 아니라고. 좋은 상사라면 끝까지 너를 지켰어야 한다고. 그는 단지 좋은 사람이었을 뿐이라고.

∞

나는 아직도 잘 모르겠다. 그는 정말 좋은 상사가 아니었을까. 좋은 사람과 좋은 상사는 같은 선상에 놓일 수 없는 걸까. 만약 내가 좋은 상사를 만났다면 어디든 진득이 머물 수 있었을까. 아니, 정말 좋은 상사가 어딘가 존재하기는 할까.

이후 이직한 소셜벤처마저 폐업하게 되면서 나는 돌고 돌아 초등학생 때부터 꿈꿔 온 만화가가 되었다. 그래서 지금의 삶은 만족하냐고? 물론이다. 혼자 일하는 시간이 많다 보니 감정이 널뛰듯 한다는 것 빼고는 후한 점수를 주고 싶다. 업무 만족도 및 성취도, 자기 계발 의지, 수입 안정화까지 여러모로 만족스럽다. 무엇보다 이 업엔 존경할 만한 동료가 너무 많다. 오롯이 작품으로만 승부를 봐야 하는 세계에서 그들은 자신의 자리를 지키기 위해 치열하게 살아간다. 더불어 존경하는 작가에 빗대어 자신의 미래를 점치지 않는다. 상사의 오늘을 나의 내일로 그리던 '직장인 마실'과는 사뭇 다른 모습이다.

이제 나는 더 이상 좋은 상사가 없다는 이유로 일을 때려치울 수 없는 프리랜서의 세계에 들어와 버렸다. 다행히 홀로서기는 꽤 자신 있는 분야니까, 이번엔 잘 버틸 수 있을 것 같다.

잊고 싶은 눈동자
섹스를 섹스라 부르지 못하고

내게 여성이 된다는 건 축복받는 일이었다. 첫 생리를 하던 날 가족들과 '핑크 바가지' 파티를 열었고, 부모님께 스포츠 브라를 선물받던 날도 "여자가 된 걸 축하한다"라는 말을 들었으니까. 한데 곰곰이 생각해보니 그때부터 여성으로서의 어떤 이미지를 교육받았던 것 같다.

"너무 짧은 치마는 입지 마. 여자는 몸을 따뜻하게 해야해. 항상 몸가짐을 바르게 하렴."

당최 바른 몸가짐이란 어떤 것인지 궁금했지만, 어른이하는 말은 다 뜻이 있겠거니 하며 힘차게 고개를 끄덕였다.

그날은 비가 왔다. 마침 집에 남은 우산이 몇 개 없었고 남동생과 우산 하나를 나눠 쓰며 등교하던 길이었다. 집에서 학교까지 가려면 주택가의 골목들을 지나야 했는데 어느 골목에선가 웬 사내가 우리 앞을 막아섰다. 그는 카키색 점퍼에 남색 체크무늬 우산을 쓰고 있었다. 흐릿한 형체 사이로 나를 내려보던 그의 눈동자가 비쳤다. 그다지 좁지도 않던 길. 옆으로 살짝 비키면 될 걸 이 아저씨는 왜 멀뚱히 서 있기만 할까 의아하던 찰나, 그가 내 젖가슴을 움켜쥐었다. 잠시 내 옷섶을 꼼지락대던 그는 아무 일 없었다는 듯 유유히 골목을 걸어 나갔다.

여전히 비는 내리고 있었고, 길목엔 아무도 없었고, 남동생은 말똥말똥 나를 쳐다보고 있었다. 그냥 이대로 학교에 가면 되는 걸까? 소리라도 쳐야 하는 걸까? 뭐라고 외쳐야 하지? 이리저리 머리를 쥐어짜던 그때, 끼익하고 옆집 대문이 열렸다. 젊은 여자였다. 그녀를 본 나는 왠지 마음이 놓여 와르르 울음을 터뜨리고 말았다. 당황한 그녀는 내게 자초지종을 물었고 사정을 듣고는 학교까지 데려다주었다. 아

까 일은 잊고 오늘 수업 잘 들으라며 뒤돌아서는 그녀가 그
렇게 듬직해 보였다. 그때 나는 고작 열세 살이었다.

학교에 도착하자마자 담임 선생님께 아침에 있던 일을 털
어놨다. 당황한 선생님은 우선 조례부터 하자며 자리에 앉
으라고 했다. 겨우 눈물을 닦고 자리에 앉았지만, 선생님이
나를 다시 부르는 일은 없었다. 아직 초등학생을 대상으로
한 성교육이 활성화되기 전이었던 그때. 남자 담임이었던
그에겐 다소 버거운 일이었는지도 모르겠다.

그날 급식 메뉴에 조기구이가 나왔다. 얇은 밀가루 반죽
을 입혀 통째로 구운 조기였는데 어찌나 잘 구웠는지 눈알
까지 바삭하게 튀겨진 상태였다. "잘 먹겠습니다!"라며 찬
찬히 잔가시를 발라 살점을 골라냈다. 그런데 놈의 눈동자
가 자꾸 나를 쳐다보는 것 같았다. 나는 그 눈동자가 싫었
다. 그래서 홀랑 눈알만 떼고 다시 식사를 시작했다. 그래,
이 맛이지. 그제야 생선 맛이 살아나는 것 같았다.

누구에게든 말했으나 아무도 제대로 된 대처법을 말해주
지 않은 그날 이후, 나는 '그 등굣길'을 별것 아닌 일로 치부
해버리기로 했다. 그래야 할 것만 같았다. 아니, 그렇게 생
각해야 내 마음이 편했다.

여중을 다녔던 때에도 나는 여전히 바른 몸가짐을 교육받았다. 어느 성교육 시간. 으레 그렇듯 몇몇은 '성'이라는 단어만 들어도 부끄러워했고 다른 몇몇은 "아이 러브 섹스!"라며 킥킥대고 있었다. 선생님은 임신의 위험성에 대한 영상이라며 TV를 켰다. 화면에는 어두운 동굴 속 하얀 덩어리가 자리 잡고 있었다. 곧이어 날카로운 갈고리가 들어가자 그 덩어리는 이리저리 도망 다니기 시작했다. 얼마 후 은색 양동이에 새빨간 작은 핏덩이들이 담겨 나왔다. 임신 중절 수술을 찍은 초음파 영상이었다. 영상이 나오는 내내 내레이션은 계속됐지만, 충격적이다 못해 가학적인 이미지 외에는 아무것도 기억에 남지 않았다. 이어 모자이크 처리된 여학생의 인터뷰를 끝으로 화면이 꺼졌다. 무거운 침묵 사이로 훌쩍이는 소리가 들렸다. 그 흐느낌을 뒤로한 채 선생님이 입을 열었다.

"자, 임신이 얼마나 무서운 건지 잘 알았지?"

여고 시절의 성교육도 뻔했다. 정자와 난자, 가임기와 배란기에 대해서는 배웠지만 그 누구도 콘돔 착용법이나 주의 사항을 알려주지는 않았다. 그나마 제대로 된 성교육은 수능이 끝나고 나서야 이뤄졌다. 할 일은 없고 수업 일수는 채워야 했던 그때, 우린 모 YMCA로 현장학습을 떠났다. 임신, 출산, 피임 등 다양한 콘셉트로 체험존이 꾸려져 있었다. 임신 상태의 자궁을 표현한 방은 아늑한 조명과 잔잔한 물소리가 인상 깊었다. 곳곳에 배치되어 있던 소파에 누워 태아의 기분을 느껴보라는 미션이 주어졌다. 말랑한 소파에 몸을 기댔다. 이어 눈을 감고 물소리에 귀를 기울였다. 불현듯 꿀렁이던 그 하얀 덩어리가 생각났다. 너에게 이 아늑함은 찰나였겠구나.

이윽고 우리는 마지막 코스인 피임존에 다다랐다. 강사는 차근차근 콘돔 사용법을 설명해 주더니 이내 남자 성기 모형을 꺼냈다. 곳곳에서 "어맛!", "흐흐흐!" 하는 웃음소리가 터져 나왔다. 강사는 직접 모형에 콘돔을 끼워볼 사람을 모집했고, 우리는 "저요! 저요!" 하며 냅다 손들기 바빴다. 흡사 콘서트를 방불케 하는 푸처핸섭이었다. 아이 세이 콘돔! 유 세이 저요! 콘돔! 저요! 콘돔! 저요! 그렇게 힙한 성교육은 처음이었다.

우리는 어쩌다 섹스를 섹스라고 당당하게 부르지 못하게 되었을까. 섹스는 '그거'나 '그 짓'으로, 생리는 '그날'이나 '마법'으로, 콘돔은 'CD'나 '모자' 따위로 뭉뚱그려졌다. 〈오늘도 꼴랄라라〉를 연재할 때에도 이놈의 콘돔이 문제였다. "콘돔 끼면 느낌 별로라 싫다더니 어디가 그렇게 좋았나 모르겠네?"라는 대사에서 '콘돔'을 빼라는 담당 PD님의 요청이었다. 굳이 수정하지 않겠노라 버텼지만, 끝내 "피임하면 느낌 별로라 싫다더니"로 바꿨다. 작품은 15세 이용가이지만 포털 특성상 전체 이용가 수위로 맞추는 것이 적절하다는 취지였다. 이상했다. 내가 볼 때 대사는 "그게 무슨 수도 꼭지세요? 방향 돌리면 바로 잠기게?"가 더 센 것 같은데.

죄짓는 것도 아닌데 우리는 왜 섹스와 생리와 콘돔을 쉬쉬하며 사는 걸까. 나는 이것이 '변태 썰'과 별반 다르지 않음을 깨달았다. 친구들과 그간 만났던 변태 썰을 풀 때면 깜짝 놀랄 때가 많다. 흔한 바바리맨부터, 자위하며 길을 묻던 운전자, 양손에 계란을 들고 있던 틈을 타 가슴을 만지고 도망간 남자, 강제로 자신의 성기에 친구 손을 이끌던 남자까지. 각양각색으로 추행과 희롱을 일삼는 빌런들의 이야기는 대체로 그가 도망갔다거나 친구가 자리를 피했다는 엔딩으로 끝났다. 한데 이야기를 듣고 나면 나는 못내 씁쓸해졌다. 우리 중 그 누구도 그들을 신고한 사람은 없었기 때문이다. 너무 어릴 때라 무슨 일인지 몰랐던 걸까 아니면 바른 몸가짐에 대한 압박 때문이었던 걸까.

문득 그 등굣길을 나선 열세 살의 나를 떠올려봤다. 나는 다시 그때로 돌아간다 해도 여전히 속수무책으로 당했을 것 같다. 그리고 또 여전히 울음을 터뜨렸을 것 같다. 대신 쩌렁쩌렁 큰 소리로 울며 이렇게 외칠 것 같다.

"경찰 아저씨! 이 씨발놈이 제 가슴 만졌어요! 흐어어엉!"

애써 혼자가 될 용기
혼자서도 잘 먹어요

학창 시절 나를 지탱하던 가장 큰 축은 소속감이었다. 학교에서, 교복을 입고, 주어진 과제를 해내는 데 충실한 것. 초·중·고 12년과 대학 4년까지 다들 그렇게 사니까 그 밖에 다른 길이 있을 거라곤 상상도 못 한 채 학생 신분에 만족하며 살았다.

대학 입시를 앞두고 가정 형편상 재수는 꿈도 꾸지 말라는 부모님 말씀을 따라 무조건 합격할 것 같은 곳에만 원서를 썼다. 그렇게 진학한 곳이 독어독문학과였다. 관심도 애정도 심지어 배워본 적도 없는 학문이었지만, 마침 합격한 곳 중 집에서 가장 가깝고 학비도 가장 저렴한 곳이었다. 적성이 뭐 대순가. 술이 있는데! 성인이 되어 만난 유흥의 세계는 실로 방대했다. 그 반짝이는 삶을 뒤로한 채 당시 살던 반지하 집으로 꾸역꾸역 기어들어 가는 내가 비참해서 더더욱 술에 취해 살았다.

∞

이런 무탈한 삶에도 경로 이탈이 생겼는데 바로 전과였다. 복수전공으로 듣던 국어국문학에 애정이 생기면서 2학년 2학기에 느지막이 전과를 강행했다. 어떤 집단에서 내 발로 나와 다른 길을 개척한 첫걸음이었다. 물론 믿는 구석은 있었다. 전과생은 같은 전과생이나 편입생과 친해진다는 것을 익히 알고 있었기에 혼자 학교를 배회할 일은 없으리라 생각했다. 아니나 다를까 나는 그들과 무리를 이루게 되었다. 이제 더 이상 독문과 친구들 시간표에 맞춰 점심시간을 기다리지 않아도 됐다.

문제는 새로운 무리와 친해지기엔 삶의 온도가 너무 달랐다는 것이었다. 아르바이트로 생활비를 벌어야 하는 나와 달리 그들은 부모님께 용돈을 지원받았다. 한 달 식비로 학생 식당에서 겨우 식사를 해결하는 나와 달리 그들은 학교 밖 맛집 투어를 다녔다. 얇아지는 지갑에 위기의식을 느끼긴 했지만 홀로 밥을 먹느니 한 끼 식사에 일주일 치 식비를 들이붓는 게 더 낫다고 생각하며 버텼다.

어느 겨울방학, 함께 스키장에 가자는 이야기가 나왔다. 그들과 생활 수준이 차이 난다는 것을 체감하고 있던 터라 걱정했지만 혼자가 두려운 내게 거절할 용기는 없었다. 계절마다 겨울 스포츠를 즐긴다는 그들은 개인 스키복을 챙겨 왔고, 생전 처음 스키장에 간 나는 흡사 단무지를 연상케 하는 누르뎅뎅한 옷을 대여했다. 설산을 휘젓는 사람들 사이로 서보기라도 하겠다며 끙끙 앓는 단무지 한 덩어리가 애처롭기 짝이 없었다.

집으로 돌아가는 길. 한 친구에게 전화가 왔다. 고작 하루 못 본 딸이 그리워 직접 데리러 가겠다는 아버지의 전화였다. 마침 그녀와 같은 방향이었던 나는 그 차를 얻어 타게 되었다. 검은색 세단의 앞코에 동그라미 네 개가 반짝이고 있었다. 좋은 차에서, 안정적인 승차감을 느끼며, 다정다감하게 이야기를 나누는 부녀 사이가 그렇게 부러웠다. 순간, 작은 돌부리 하나에도 덜컹거리던 아빠 차가 떠올랐다. 몹쓸 비교를 하고 있는 내가 부끄러웠지만, 솔직히 나란히 앉은 그들을 보며 '나도 저랬으면' 하고 아빠와 나를 빗대었던 것은 사실이다.

∞

그 불편한 찰나마다 아빠를 미워하는 내가 싫어 용기를 냈다. 그들과 함께 밥을 먹지 않을 용기. 나는 다시 독문과 친구들과 점심시간을 맞췄고 마음 편히 학생 식당에 갔다. 이제 일주일 치 식비를 한 끼에 쏟아부을 필요는 없었다. 그들과 시간이 맞지 않을 때면 매점에서 삼각김밥 하나를 사 들고 화장실로 갔다. 아직 혼자 밥 먹을 용기는 없을 때였다. 삼각김밥의 양대 산맥이라는 '전주비빔밥'과 '참치마요' 사이에서 한참을 고민하다가 결국 전주비빔밥을 골랐다. 참치마요는 소가 한가운데에 모여 있는 반면 전주비빔밥은 모서리 끝까지 고루 퍼져 있었기 때문이었다. 암모니아 냄새 풀풀 나는 변기 위에 앉아 바스락거리는 소리가 들리지 않도록 조심스레 포장지를 벗겼다. 알차게 비벼진 전주비빔밥을 한 입 베어 물곤 차가워도 맛있어서 다행이라며 훌쩍였다.

그러다 뒤늦게 광고 쪽으로 진로를 정하면서 대외 활동을
하느라 2년을 휴학했다. 자신의 꿈을 좇아 사방팔방 뛰어다
니는 친구들을 보며 학교 안에 갇혀 있던 내 세계가 얼마나
좁았는지 깨달았다. 주체적인 삶에 흠뻑 취한 휴학을 마무
리한 후 다시 학교를 찾았다. 2년 동안 학교는 많이 변해 있
었다. 캠퍼스가 이전했고 덕분에 새 건물 냄새가 진동했다.
긴 휴학 기간과 맞물려 친구들과는 자연스럽게 멀어졌다.
학교 밖엔 더 멋진 일들이 많다는 것을 알게 된 6학년 왕고
에게는 혼밥도 혼강도 별일 아니었다. 무엇보다 더 이상 아
빠를 미워하지 않아도 됐다. 나는, 그거면 됐다.

소속감에 얽매이던 여린 소녀는 3번의 이직과 3번의 전직
끝에 프리랜서가 되었다. 소속이 주는 안정감에서 벗어나
위태로운 나날들을 마주하면서도 그 안에 있는 자유를 포기
할 수 없는 사람이 되어버렸다. 화장실에 숨어 눈물 젖은 삼
각김밥을 먹던 소녀는 이제 혼자 영화도 보고 쇼핑도 하고
술도 먹고 여행도 간다. 애써 혼자가 될 용기를 내지 않아도
혼자가 익숙해진 요즘. 이렇게 어른이 되어가나 보다.

달콤쌉쌀한 돈지랄의 추억
타인의 눈에 비친 내가 진짜라고 믿는 내게

550만 원. 여가비로 쓴 돈 중 가장 큰 금액이라 잊히지도 않는다. 18일 동안 프랑스 파리·니스, 스페인 마드리드·톨레도·그라나다·바르셀로나에서 유럽의 낭만을 만끽하는 데 쓴 비용이다. 그리고 내가 여행을 좋아하지 않는다는 것을 깨닫게 된 뼈아픈 대가이기도 했다.

∞

그냥 무조건 유럽이었다. 데뷔작 〈가슴도 리콜이 되나요〉 연재가 끝나면 고생한 나를 위해 유럽 정도는 가주는 것이

마땅하다고 생각했다. 그래서 완결 4개월 전 덜컥 파리행 티켓을 끊었다. 오랜만에 가는 해외여행이기도 했고 이렇게 먼 길은 처음이었기에 편하게 직항으로 가려고 했다. 진짜 그러려고 했다. 그런데 100만 원 훌쩍 넘는 금액 앞에서 한참 망설였다. 결국 직항보다 40만 원 저렴한 경유 티켓을 구했다. 20시간 비행이라는 경이로운 기록을 세웠으나 티켓 빼고 나머지는 쿨하게 결제할 거라며 자위했다. 왜 이래, 나 유럽 가는 여자야! 완결이 임박할 즈음 친구들은 향후 계획을 물었고 그때마다 나는 대수롭지 않다는 듯 이렇게 답했다.

"유럽 가려구."

이 한 문장에 친구들은 엄청난 속도의 리액션을 쏟아댔다.

"유럽? 자유여행? 몇 박 며칠? 어디 어디 가?"
"유럽은 영국 in 파리 out이 좋은데."
"언제 가는데? 5월? 날씨 좋을 때 가네! 비수기도 아니고."
"역시 프리랜서는 이런 게 좋아! 너무 부럽다!"

혹시 내가 모르는 매뉴얼이 있는 건 아닐까 싶을 정도로 친구들은 순서만 바뀌었지 대체로 비슷한 이야기를 꺼냈다.

어쨌든 기분은 좋았다. 유럽을 가는 것도, 누군가가 나를 부러워하는 것도 좋았다. 그런데 이상하게 이후의 여행 준비에 영 손이 가지 않았다. 알아볼 건 산더미인데 바쁘다는 핑계로 출국 한 달 전까지 모르쇠를 뗐다.

나는 해외를 갈 때면 돈을 허투루 쓰는 게 아까워 엑셀에 분 단위로 일정표를 짜곤 했다. 비상금까지 고려해 예산을 짜고 그 안에서 소진해야만 비로소 마음이 편했다. 숙소도 무조건 얼리버드 예약만 했다. 그래야 저렴하니까. 그런데 건방지게 시간을 낭비하며 돈을 공중에 흩뿌리고 있다니! 작업을 하는 와중에도 문득 불안했지만 '거 봐, 내가 나머지는 쿨하게 결제할 거랬잖아' 하며 넘겼다. 돌이켜보면 그게 사실은 여행 가기가 싫다는 증거였다.

∞

의외로 일정은 뚝딱 완성됐다. 도시마다 현지 일일 투어로 며칠 채우고 하루에 명소 한두 개만 둘러보는 일정이었다. 나머지는 상황 따라 맛집이나 관광지를 검색하기로 했다. 혹시 예산이 부족하면 까짓거 신용카드로 긁으면 된다는 야심 찬 계획까지 덧붙였다.

파리의 한 식당에서 인종 차별을 당한 것만 빼면 음식, 풍경, 날씨, 관광까지 모두 완벽했다. 제일 좋았던 도시는 니스였는데 청량함 가득한 그 파란 숨결들이 참 좋았다. 종종 조식까지 거르며 잠을 자는 호사를 누렸고 느지막이 식당을 찾아가 브런치를 즐겼다. 여행 내내 나는 느린 사람이었다.

정해진 규칙 따위 없는 여행이었지만 철저하게 지킨 것이 있었으니 바로 술이었다. 나는 낮에도 자유롭게 반주를 즐기는 유럽의 식문화가 아주 마음에 들었다. 어떤 식당을 가든 무조건 술을 시켰다. 유럽에 왔으니 와인 정도는 마셔줘야 할 것 같았다. 숙소로 돌아와 잠들기 전 사진을 드라이브에 백업하는 것 또한 잊지 않았다. 사실은 소매치기로 소지품을 모두 잃어버릴 것을 대비하기 위함이었지만, 나는 그냥, 그날 찍은 사진 속에 있는 내가 좋아 보였다.

∞

한국으로 돌아오는 날. 타지에서 고생했을 딸이 걱정된다며 웬일로 부모님이 공항까지 마중 나오셨다. 때론 긴 여행

이 사랑하는 사람들을 더 애틋하게 만드는구나 하며 감상에
젖은 것도 잠시, 나를 지긋이 바라보던 엄마가 한마디 했다.

"유럽이 좋긴 좋나 보다. 피골이 상접해서 올 줄 알았는데
어째 살이 더 쪄서 왔냐."

이상하다. 일 평균 2만 보 이상을 걸었는데 그럴 리 없었
다. 하지만 체중계는 그런 일이 여기 있다며 단호하게 진실
을 가리켰다. 여기 2킬로그램 추가요!

며칠 후 친구들을 만났다. 밥을 먹고 카페에 가고 여행지
에서 사 온 소소한 선물을 전해주고 나면, 다음 레퍼토리는
똑같았다.

"여행 어땠어?"

여러모로 완벽한 여행이었음에도 불구하고, 어찌 된 일인
지 "너무 좋았어!"라고 대답할 때마다 손끝이 따끔거렸다.
'혹시 안 좋았던 거 아냐?' 하는 의심이 부풀어 오르던 어느
날, 똑같은 질문을 하던 다른 친구에게 나도 모르게 "별로였
어"라고 말해버렸다.

사실, 알고 있었다. 유럽을 가고 싶은 이유부터 잘못되었
다는 것을. 나는 그저 대학생 때 못 가본 유럽을 이번에야말

로 꼭 한번 가보고 싶었다. 내가 대학 원서를 쓰면서 고려한 건 딱 두 가지였다. 학비가 저렴할 것. 그리고 통학 가능할 것. 다행히 모든 조건에 부합하는 학교에 합격했지만 매학기 쥐어짜듯 대학 시절을 보냈다. 아르바이트, 장학금, 공모전으로 학자금 대출을 돌려 막는 그 시간 동안 친구들의 SNS는 이국적인 풍경들로 채워져 갔다. 나도 어떻게든 돈을 모아 떠나볼까 싶었지만, 유럽의 낭만이 등록금 고지서만큼 시급한 문제는 아니었다.

이윽고 시간도 돈도 넉넉히 잡고 떠난 유럽 여행. 오래 기다려온 만큼 충분히 설레고 신나는 시간들이었으나 그게 다였다. 지랄 중의 상지랄은 돈지랄일지니 그렇게 써대는데 안 행복할 리 있나. 나름대로 품격 있는 식사를 하고, 끼니마다 술을 곁들이고, 자고 싶을 때까지 자고, 아무것도 하기 싫은 날엔 바닷바람 맞으며 멍하게 앉아 있고. 이런 삶이라면 그곳이 유럽이든 한국이든 행복할 게 분명했다.

그랬다. 알고 보니 나는 여행을 좋아하지 않았다. 아니, 굳이 해외나 유럽으로 떠날 필요가 없었다. 나는 쉬는 게 좋았고 여유 부리는 게 좋았고 그 시간들을 사랑했다. 그것도 모르고 남들 다 간 유럽 나만 못 간 게 억울하다며 남루한 추억을 보정하고 있었다.

∞

주변을 둘러봤다. '대세', '인싸', '아싸' 등 사람 사는 모습을 구분 짓는 말들이 아무렇지 않게 쓰이고 있었다. 대세에 따르지 않으면 아직 그것도 안 하고 뭐 했냐는 눈총을 받기에 십상이고, 인싸가 되지 않으면 왠지 촌놈이 된 것 같아 쭈글쭈글해진다. 그런데 최근엔 이런 것들에 둔해지기 시작했다. 굳이 남들이 하는 걸 따라 하지 않겠다는 반항심은 아니었다. 그저 '굳이 그럴 필요 있나' 하는 생각이 들었다.

인싸든 아싸든 결국 'side'에 있다는 사실은 변함없다. 안쪽에 있든 바깥쪽에 있든 결국 각자의 방향이 있다는 것. 나는 그저 내 결대로 살고 싶다.

나름대로 품격 있는 식사를 하고, 끼니마다 술을 곁들이고, 자고 싶을 때까지 자고, 아무 것도 하기 싫은 날엔 바닷바람 맞으며 멍하게 앉아 있고. 이런 삶이라면 그곳이 유럽이든 한국이든 행복할 게 분명했다.

저 쌍꺼풀 안 했거든요?
콤플렉스 무용론

학원비를 벌어보겠다고 우동집에서 아르바이트를 하던 때였다. 한 커플이 가게 베스트 메뉴인 우동과 돈가스를 주문했다. 영업용 미소를 장전한 나는 매뉴얼대로 주문을 받은 후 "감사합니다"라며 상큼하게 돌아섰는데, 떠나기가 무섭게 여자의 귓속말이 들렸다.

"오빠, 쟤 쌍꺼풀 했나 봐."

묵묵히 포스기에 주문을 입력하고 주방을 향해 "우동 하나, 돈가스 하나 있어요!"를 외치고 나니 그때부터 속이 부글부글 끓었다. 도대체 이 말을 태어나서 몇 번째 듣는 거야! 차라리 했으면 말이라도 안 하지, 안 했는데 했다고들 생각하니 억울해서 미칠 지경이었다. 심지어 오늘 처음 본, 일면식 하나 없는 사람에게도 이런 평가를 받아야 한다니. 지금이라도 당장 테이블로 달려가 "저 쌍꺼풀 안 했거든요?"라며 따지고 싶었지만 솔직히 그럴 힘도 안 났다. 안 했는데 한 것처럼 보이는 못생긴 쌍꺼풀은 내 콤플렉스 중 하나였으니까.

꽤 오래 알고 지낸 지인들도 나를 '당연히 쌍꺼풀 한 사람'이라고 생각했다. 부기가 덜 빠진 듯한 눈두덩이와 선명한 쌍꺼풀 라인 때문이었다. 더 비참한 건 내가 속상해할까 봐 배려 차원에서 애써 모른 척하고 있었다는 것이다. 그러다 쌍꺼풀은 성형수술 축에도 못 낀다는 식의 이야기가 나오면 "그러니까 이제 그냥 했다고 편하게 말해! 괜찮다니까!"라고 선심 쓰듯 뱉었다. 아니요! 제가 안 괜찮은데요! 저 진짜 쌍꺼풀 안 했거든요!

∞

콤플렉스는 쌍꺼풀뿐만이 아니었다. 한창 외모에 관심 많던 사춘기 시절, 나는 머리끝부터 발끝까지 하나도 빠짐

없이 내 몸 구석구석이 싫었다. 나는 왜 이렇게 키가 작지? 다리라도 길었으면 좋았잖아. 알 다리도 마음에 안 들어. 얼굴형은 너무 네모나고. 곱슬거리는 머리카락도 지긋지긋하다구!

그러다 보니 나는 콤플렉스를 숨기는 데 열중할 수밖에 없었다. 심지어 푹푹 찌는 한여름에도 알 다리가 부끄러워 청바지만 입었다. 문제는 스키니진이 한참 유행했을 때였다. 외출 후 집에 와서 옷을 벗는데 이 빌어먹을 바지가 도통 내려가질 않았다. 허벅지까지 시원하게 내달리던 바지가 종아리에서 병목현상을 일으키고 있었다. 땀과 열로 들러붙은 바지를 붙잡고 한참 동안 씨름했다. 기어코 사투 끝에 스키니진에서 탈출한 나는 팬티 바람으로 선풍기를 향해 달려갔다. 정통으로 바람을 맞으며 더위를 한풀 식히고 나니 어이없게도 눈물이 났다.

"하…… 나도 반바지 입고 싶다……."

네모나게 태어났다는 이유만으로 천대받던 사각 턱의 서러움도 빼놓을 수 없다. 생머리 로망이 있던 나는 사각 턱과 반곱슬의 환상적인 조화에 부아가 치밀어 올랐다. 그래서 스트레이트 매직을 하는 날을 꿈꾸며 조금씩 돈을 모았다.

이윽고 쭉쭉 펴진 인위적인 머리칼로 턱을 가리고 나면 그때서야 마음이 놓였다. 친구 몇몇은 그런 나를 커튼이라고 놀려댔지만 상관없었다. 콤플렉스라는 놈들을 가리면 가릴수록 어쩐지 나는 우쭐해지는 기분이었으니까.

놈들과 정면 승부를 하게 된 건 스무 살이 넘어서였다. 더위가 맹공을 쏟아붓던 늦여름, 더 이상의 방어전은 무리라며 청바지가 백기를 들었다. 이윽고 나는 전투복으로 반바지를 입겠노라 결심하고 장롱을 뒤졌다. 그때 구석에서 간신히 숨만 붙어 있던 한 노병을 발견했다. 내 의지로는 절대 입지 않던, 오래된 3부 바지였다. 더워 죽는 것보단 쪽팔려 죽는 게 낫겠다는 생각으로 대충 걸치고 나갔는데……. 유레카! 그야말로 신세계였다. 그 어느 때보다 다리가 시원했고, 그 어느 때보다 다리가 가늘어 보였다. 아예 훤히 드러내고 나니 알이 그다지 도드라져 보이지 않았다.

커튼을 거둬내기 시작한 것도 그 무렵이었다. 폭염에 무릎 꿇은 나는 마침내 머리를 묶게 됐는데, 시원한 건 물론이고 얼굴선이 더 부드러워 보이는 것이었다. 심지어 똥머리를 한껏 올려 묶으면 턱으로 향하던 시선이 자연스레 위로 집중됐다. 하루쯤은 머리를 감지 않아도 묶기만 하면 티가 잘 안 난다는 꿀팁까지 체득했다.

그렇게 나는 하나둘씩 콤플렉스들과 이별했다. 꼭꼭 숨기기보단 도리어 드러내는 것이 무덤덤해지는 지름길이었다. 무엇보다 사람들은 내게 그다지 큰 관심이 없었다. 내가 알다리든 사각 턱이든 미니스커트를 입든 머리에 똥을 싸든. 간혹 "쟤 쌍꺼풀 했나 봐"하는 몰상식한 사람은 있었지만 그뿐이었다. 그냥, 한 줄짜리 대사가 주어진 행인 1이라고 생각하면 마음이 편했다.

∞

여동생과 함께 걸그룹 무대를 시청하던 날이었다. 나는 "와, 어쩜 저렇게 예쁘고 날씬할까. 킬힐 신고 춤추는데 다리에 알이 하나도 없네"라며 부러워하다가 끝내 "아니야, 나도 이 정도면 볼만하지. 하체가 튼튼해야 나이 들어서 고생 안 해!"라며 정신 승리하고 있었다. 뭘 또 쓸데없는 데 열등감을 느끼냐며 혀를 끌끌 차는 여동생을 뒤로한 채, 나는 늙어서 빛을 보는 대기만성형 미모라며 목에 핏대를 세우고 있었다. 그러자 그녀가 가소롭다는 듯 미소를 떠며 말했다.

"응. 30년 후에."

정곡을 찌른 그녀의 싱그러운 미소는 봄과 같았으나 나는 겨울 같은 매서움으로 그녀를 흘겨보고야 말았다. 매정한 기지배. 30년 후에 보자.

나는 외모 콤플렉스에서 톡톡히 효과를 봤던 이 '콤플렉스 무용론'을 오늘의 나에게 적용하기로 했다. 오늘의 나는 가난한 부모를 떠올리면 항상 기가 죽었고, 인간관계에 염증을 느끼면서도 곁에 사람이 없으면 애가 달았으며, 돈이라면 치를 떨면서도 여전히 먹고살기 위해 전전긍긍했다. 왜 이렇게 모나고 못났냐며 자책하다가 그래도 나 새끼는 내가 사랑해 줘야지 하는 아이러니한 날들을 반복한다.

그래서 가슴속에 켜켜이 쌓인 이 콤플렉스를 들어내기 위해 글을 썼다. 꼭꼭 숨기기보단 도리어 드러내는 것이 무덤덤해지는 지름길이니까. 외모 콤플렉스에 덤덤해진 지금처럼 언젠가는 나의 가난과 찌질함에 담담해질 수 있을까. 말해버리면, 정말 아무렇지 않아질까. 이 글이 그 시발점이 될 수 있을까.

놈들과의 전면전이 시작됐다.

나는 아직 백기를 들지 않았다.

특명! 꼰대 예방 교육
대화 가능한 꼰대는 웰컴입니다

호외요, 호외! 남동생이 연애를 한답니다!

처음이었다. 남동생이 가족들에게 여자 친구의 존재를 밝힌 건. 게다가 결혼을 전제로 진지하게 만나고 있다니. 이내 함박꽃을 피운 부모님은 누구니, 몇 살이니, 뭐 하는 사람이니 순으로 신상 정보 3종 세트를 물어보곤 둘의 연애를 지지했다. 남동생의 결혼이 구체화되면서 나는 여동생과 어떤 시누이가 될 것인가에 대한 이야기를 자주 나눴다.

호칭부터 없애자. 서로 이름을 부르며 존중하자. 명절이나 어버이날엔 무조건 외식하자. 괜히 설거지며 과일 깎는 것 때문에 눈치 보는 상황 자체를 만들지 말자. 쓸데없이 시시콜콜 연락하지도 말고, 하더라도 웬만하면 남동생 통해서 하자. 수많은 대화 끝에 우리는 "좋은 시누이는 못 돼도 나쁜 시누이는 되지 말자"라는 결론을 내렸다.

∞

문제는 아빠였다. 예비 며느리를 만난 후 아들의 결혼이 임박하고 있다는 것을 체감하자 서서히 그의 꼰대성이 기지개를 켜기 시작한 것이다.

"나는 며느리 들어오면 딸처럼 대할 거야."

"아빠, 어떻게 며느리랑 딸이 같아요? 남의 집 귀한 자식인데 딸처럼 막 선 넘으면서 지내시려고? 손님이다 생각하고 지내는 게 최고예요."

"며느리가 어떻게 손님이야? 결혼하면 이제 우리 집 사람인데. 너넨 출가외인이잖아."

내가 "출가외인이요?"라며 대들려 하자 냉철한 여동생이 그새 물꼬를 텄다.

"그쵸. 딸들은 출가외인이죠. 그럼 앞으로 아빠한테 용돈 안 드려도 되죠? 어차피 출가외인인데 뭐."

아빠는 그런 뜻은 아니었다며 우물쭈물했지만 솔직히 충격이었다. 아빠가…… 아빠가 꼰대라니! 그는 오래전부터 정치, 사회, 연예 등 다양한 이슈에 해박한 것은 물론이요, 능수능란하게 신조어를 사용하기도 했다. 그런 아빠를 보며 "역시 우리 아빠는 요즘 시대에 안 뒤처진다니까"라며 자랑스러워했는데! 그의 다정함에 취해 그가 가부장제에 익숙한 60대 남성이라는 것을 잊고 있었다.

아빠의 이런 면모는 시도 때도 없이 찾아왔다.

"결혼도 얼마 안 남았는데 가족 모임에 며느리도 참석하는 게 어떻겠니?"

"아직 반년이나 남았는데요. 같은 지역도 아닌데 뭘 또 여기까지 오라고 해요. 그리고 이 모임 계속하시려고요? 이런 걸로 부담 주지 마세요. 굳이 말 안 해도 앞으로 볼 일 많은데."

나는 아빠의 꼰대성을 영원히 잠식시키기는 힘들다는 것을 직감했다. 때문에 예비 시누이로서 미리 그 예방책을 마련해 두는 것이 나와 여동생의 역할이라고 생각했다. 그리고 만족스러운 절충안이 나올 때마다 남동생에게 이번 실드도 성공했다는 무언의 눈빛을 보내는 것도 잊지 않았다.

이윽고 아빠는 새로운 가족에 대한 희망을 나에게까지 찾으려 했다. 아빠와 오랜만에 점심 약속을 잡은 날이었다. 식당으로 이동하는 내내 아빠의 결혼, 출산 공격이 이어졌다. 물론 나 역시 이때를 대비해 전략을 짜 놨다.

"아빠, 결혼하는 데 돈이 얼마나 드는지 아세요? 평균 1억 5천만 원이래요. 육아비는 한 달 평균 1인 107만 원. 그 돈 주실 거 아니면 저한테 강요하지 마세요."

나의 논리적인 데이터 전술에 잠시 망설이던 아빠는 결국 라떼는 말이야 전술을 선보였다.

"부모만 괜찮으면 자식은 어떻게든 잘 자란다. 나를 봐. 못 배우고 돈 없어도 애 셋 다 바르게 잘 키웠잖아."

"우린 특이 케이스구요. 그리고 이런 건 남편 될 사람이랑 고민하는 거지 아빠랑 나눌 이야기는 아니죠."

"내가 왜 빠져? 내 손준데. 나도 할아버지 되고 싶어!"

순간, 나는 그저 아빠 인생의 들러리처럼 느껴졌다. 당신 인생에 계획된 자식들의 결혼, 손주, 시아버지, 장인어른 따위의 타이틀을 쟁취하기 위한 수단. 내게는 나만의 삶이 있고 계획이 있는데 아빠의 그림자에 가려져 모조리 거세당한 느낌이었다.

어렸을 땐 정말 아빠가 쿨하다고 생각했는데 왜 요즘은 꼰대처럼 느껴질까. 오히려 옛날 사람이라 여겼던 엄마와 더 돈독해지는 듯하다. 내가 만약 결혼도 출산도 안 한다면 어떡할 거냐는 질문에 엄마는 이렇게 답했다.

"안 해도 잘만 산다. 네가 알아서 해."

그리곤 애 셋을 낳았다는 이유만으로 야만인 소리를 들었던 옛일을 떠올리며 고개를 내저었다.

∞

뷔페에서 가족 모임을 하던 날이었다. 어김없이 아빠와 딸들의 세대 갈등이 이어졌고, 말발로는 이길 수 없다는 것을 느낀 아빠가 이내 식탁을 쾅 쳤다. 가게 안에 있던 모든 손님들이 우리를 쳐다봤다. 나는 "아빠 진짜 꼰대 같은 거 알아요?"라고 했고 그는 유치하게 "그래, 나 꼰대다!"라고 했다. 그리곤 식탁을 친 것도 다 계획된 배려라는 논리를 펼쳤다. 식탁을 치면 아빠가 나쁜 놈이 되지만 가슴을 치면 자식들이 나쁜 놈 되는 거라나 뭐라나. 어이없었지만 맞는 말 같기도 해서 크게 웃어버렸다. 나는 "아빠, 나중에 이거 대사로 쓸게요"라며 메모했다. 그 메모를 여기에 쓸 줄이야.

친구들에게 꼰대 같은 아빠 때문에 답답하다며 토로할 때면 그래도 대화가 되는 가족이라며 부러워했다. 생각보다 자식들의 말을 말대꾸로 치부하고 원천 봉쇄하는 부모들이 많았다. 돌이켜보면 우린 가족끼리 꺼내기 힘든 주제에 대해서도 종종 이야기를 나누는 편이었다. 예를 들면 부모님의 보험, 노후 준비, 원하는 장례 절차 등이 그랬다.

문득 "나 꼰대다!"라고 인정하는 아빠가 사실 꼰대가 아닐지도 모른다는 생각을 했다. 다툼이 있을지언정 다름을 받아들이고 적극적으로 절충안을 찾아갈 줄 아는 사람이기 때문이다. 불현듯 색안경을 끼고 기성세대를 바라보는 내가 리얼 꼰대인 건 아닐까 싶었다. 아빠 나이가 되면 나도 꼰대 소리를 듣게 되는 걸까? 아직은 먼 훗날의 일. 대화 가능한 꼰대가 되기 위해 차근차근 준비해 본다.

추억팔이만 할 거면 싸이월드를 켰지
과거에서 현재로 넘어오는 사람들

프리랜서의 장점은 생각보다 많았다. 대기 없이 맛집 런치 타임을 이용할 수 있는 것, 저렴한 가격으로 비수기 여행을 즐길 수 있는 것, 일정을 내 뜻대로 조정할 수 있는 것 등이 그렇다. 이 중에서 가장 좋은 점은 알아서 인간관계가 정리된다는 것이다. 직장 생활을 할 때처럼 모두에게 잘 보일 필요도 없었고 결이 맞는 사람들만 곁에 두어도 외롭지 않았다. 나이가 들수록 각자의 관심사와 주제는 명확해졌고 서로 노력하지 않는 관계는 소원해지는 것이 당연했다. 당연해서, 조금은 슬펐다.

꿈을 좇아 바닥부터 기고 있을 때 지인들은 슬슬 결혼, 출산, 육아 루트를 타고 있었다. 분명 내 선택이 틀린 것 같진 같은데 그들과 다르고 느리다는 이유로 나는 자꾸 주눅이 들었다. 무난한 연애 끝에 자연스럽게 결혼을 준비하는 사람들, 나아가 가족계획을 꾸리는 사람들 앞에서 고작 "언제 데뷔할 수 있을까?"를 걱정하는 내가 한없이 작아 보였다. 나는 현실과 타협할 줄 모르는 철부지요, 생애주기에 대한 계획 따위 없는 한량처럼 느껴졌다. 이런 생각을 입 밖으로 내뱉는 것도 구질구질해서 그저 마음에만 품고 꿋꿋이 모임을 유지했다. 인간관계가 좁아지는 것이 두려웠던 나는 소속감을 놓지 않으려 참 애면글면했다.

어느 청첩장 모임, 열 명 남짓한 사람들 사이에서 문득 나만 싱글이라는 것을 깨달았다. 언제 이렇게 됐나 싶어 놀라긴 했지만 굳이 신경 쓰지 않고 있었다. 그때 무리 중 한 명이 말했다.

"어? 여기서 마실 언니만 솔로네! 다들 결혼했거나 곧 하잖아!"

난 또 뭐라고. 괜스레 멋쩍어진 나는 "그러네"라며 화제를 돌리려 했는데 다른 이가 그 말을 이어받았다.

"언니 미안. 다들 먼저 가서 어떡해?"

순간 얼굴이 달아오른 나는 누가 툭 건들기만 해도 눈물이 뚝 떨어질 것 같았다. 그런데 이 모임은 결혼을 축하하기 위한 자리였고, 여기서 '유일한 솔로'가 울어버리면 정말 비참할 것 같았다. 그래서 또 "그러네"라며 허허실실 웃어대곤 몇 분 후 화장실로 도망쳤다. 쏟아질 것 같은 눈물을 휴지에 살짝 묻을 정도로 겨우 조금씩 짜냈다. 눈이 새빨갛게 붓지 않을 정도로만 울어야 하는 꽤 섬세한 작업이었다. 아무일 없었다는 듯 자리에 돌아와 모임이 파할 때까지 엉덩이를 붙였다. 그리고는 집에 들어서자마자 펑펑 울었다.

악의 없는 그 한 마디가 속상했고, 고작 그 한 마디에 비참함을 느끼는 내가 싫었고, 백수 주제에 이딴 걸로 우는 게 시간 아깝게 느껴졌다. 울고는 싶은데 울기엔 자존심 상했던 그 밤. 나는 생산적으로 울어보겠다며 고정 자전거를 돌렸다. 살이라도 빼면서 울어야 백수의 삶에 다이어트라는 작은 성취를 이룰 수 있을 것 같았다. 그 시각, 새벽 1시 35분이었다.

웹툰 작가 지망생이라는 타이틀은 자존감을 갉아먹는 출석부 같았다. 가슴엔 꿈이 가득했으나 막상 "네! 있어요!"라고 자신 있게 답할 수 있는 것들이 별로 없었다. 나이는? 있어요! 계획은? 있어요! 직업은? 없어요! 돈은? 없어요! 지금 눈앞에 뭐가 보여요? 아무것도 없는데요!

이 공허함은 타인과 비교하며 자신을 미워하는 마음을 낳았다. 이를 잘 알고 있던 친구 역시 그 자리에 있었다. 다음 날, 잘 들어갔냐며 시시콜콜한 이야기를 나누던 그녀는 "어제 속상했지?"라며 속내를 밝혔다. 나는 선뜻 대답도 못하고 몇 분이나 꺼이꺼이 소리 내어 울었다. 도대체 뭐가 미안하다는 거야? 먼저 가서 어떡하긴 뭘 어떡해? 그때 내가 뭐라고 대답했어야 하는 거야? 그녀는 겨우 내 마음이 진정된 후에야 입을 열었다.

"그렇게 상처받을 거면 애써 사람 만나지 마."

그때부터 나는 관계에 집착하지 않기로 했다. 타인과의 비교로부터 오는 상처였으니 우선 비교 대상과 멀리하는 것이 먼저였다. 물론 관계에 집착하지 않는다고 해서 아예 모임을 근절한 것은 아니었다. 주야장천 출석 도장을 찍던 것을 간간이 얼굴도장만 찍는 것으로 바꾼 정도랄까. 다만 진심으로 대화에 임하지 않으니 겉치레 안부만 묻다가 귀가하는 일이 많았다. 대화의 기본은 공감대 형성이건만 결혼, 출산, 육아를 고민하는 그들과 공모전, 데뷔, 마감을 고민하는 나의 관심사는 접점을 찾기 힘들었다. 만나긴 했는데 할 말은 없는 사람들.

그때마다 우린 과거로 돌아갔다. 현재에서 나눌 수 없는 공감대를 10여 년 전 과거에서 겨우 꺼내 이어갔다. 맞다, 걔는 잘 지낸대? SNS 보니까 이번에 결혼하던데? 정말? 연락 안 한 지 꽤 돼서 그것도 몰랐네. 나도 잘 안 해, 그냥 SNS로 사는 거 구경하는 거지. 추억 속 인물들을 몇 명 소환하다 보면 어느덧 막차 시간이었다. 그렇게 오늘보다 어제가 더 편한 사람들을 만나고 돌아오는 날은 발바닥이 지하 3층까지 눅진하게 들러붙는 기분이었다.

∞

웹툰 작가 지망생에서 지망생 딱 세 글자가 빠졌을 뿐인데 신기하게도 자존감은 쑥쑥 올라갔다. 그렇게 마음이 편해지고 나서야 나의 쩌질함을 직시할 수 있었다. 왜 그렇게 말 한마디에도 쉽게 흔들렸어? 왜 그렇게 상처를 오랫동안 묵혀둔 거야? 몇 년 묵히다 못해 군내가 나는 그 감정들을 친구들에게 솔직하게 털어내기로 했다.

판교에 사는 이들을 만나기 위해 당근 케이크가 유명하다는 어느 카페로 향했다. 사실, 나는 당근 케이크를 좋아하지 않는다. 당으로 충만해야 할 디저트에 왜 하필 건강한 당근이 들어가야 하는지 당최 알 수 없었고, 원체 계피 향을 즐기지 않기 때문이기도 했다. 하지만 어떤 식으로 이야기를 시작해야 할지 막막했던 나는 애꿎은 케이크에 계속 포크를 댔다. 기어코 케이크가 바닥을 보였을 때 나는 꿀꺽 용기를 냈다.

"그땐 나이만 먹고 아무것도 이룬 게 없다고 느껴져서 늘 초조했어. 그래서 남들과 비교하느라 쭈글쭈글했어, 좀 많이. 가정을 꾸린 너랑 꿈을 꾸는 나는 다른 세계에 사는 사람이라고 생각했어. 이런 마음을 내비치기도 쪽팔려서 그냥 혼자 끙끙 앓았어."

그들은 진작부터 내 마음을 눈치채고 있었다. 그래서 불안한 오늘로부터 스트레스받는 나를 배려하려고 일부러 내게 '오늘'을 묻지 않았다. 나는 그들이 과거에 머문 사람이기에 묻지 않는 것이라 생각했다.

하지만 그건 나의 완벽한 오해였다. 그리고 그날, 우리는 처음으로 서로의 '오늘'을 물었다. 각자 사는 풍경은 달랐으나 저마다의 성장을 고민하는 모습은 같았다. 우리 사이에 관심사나 접점은 없을 것이라 여긴 것도 나의 완벽한 착각이었다. 판교에서 집까지 두 시간 남짓한 교통편을 걱정하며 카페를 나오던 길. 친구가 한마디 했다.

"우리 이제 추억팔이 안 하네."

∞

얼마 전, 싸이월드 서비스 종료 소식을 들었다. 문득 10년 전 풋내기 시절이 그리워진 나는 오랜만에 싸이월드에 접속했다. 그런데 이게 웬걸, 사이트는 로그인조차 할 수 없었다. 아…… 한발 늦었구나! 가장 순수하고 뜨거웠던 시절을 더 이상 마주할 수 없다는 사실은 슬펐지만, 딱 거기까지였다. 오늘을 향해 나아가는 시곗바늘을 뒤로 돌릴 생각은 애초부터 없었으니까.

이제는 안다. 내 사람은 온라인이 아니라 오프라인에 있다는 걸. 과거가 아니라 현재에 있다는 걸. 그래서 나는 지금, 오늘, 내 옆에 머문 사람들을 바라보며 살아가기로 했다.

타인의 슬픔을 함부로 동정하지 말 것
고백이 부끄럽지 않은 너에게

나는 주로 내 경험을 기준으로 세상을 판단했다. 내가 해낸 것이 있으면 누구나 해낼 수 있다고 생각했고, 내가 해내지 못한 것이 있으면 누구든 하기 어렵다고 생각했다. 세상의 중심이 나였으므로 내 경험과 판단만이 옳은 것이라고 자만했다.

하지만 사회화를 거치면서 이 생각에도 조금씩 균열이 일어났다. 생각해보니 그 시작은 친구의 나 홀로 여행이었다. 아직 혼밥조차 익숙지 않았던 대학생 시절, 친구에게 전화가 왔다. 뭘 하고 있었냐는 나의 질문에 그녀는 홀로 통영을 여행하는 중이라고 했다. 나는 "혼자? 어떡해…… 괜찮아?"

라며 그녀를 위로했다. 왠지 쓸쓸하고 외롭게 느껴졌기 때문이었다. 며칠 후 여행을 마치고 만난 그녀는 그날 자신이 느낀 불쾌함을 솔직히 고백했다.

"너가 나를 불쌍하게 여기는 것 같아서 기분이 썩 좋진 않았어. 나는 혼자 여행하는 게 편하고 좋아. 그냥 너랑 내가 다른 것뿐이야."

어설픈 위로가 상대에 대한 기만일 수 있다는 것을 깨달은 나는 진심으로 사과했다. 그리고 나는 그날의 실수를 발판 삼아 어떤 것이든 나를 기준으로 함부로 판단하지 않기로 했다.

∞

글을 쓰고 싶다는 생각이 든 건 작년 가을 즈음이었다. 유방암 검진 후 죽음을 두려워하게 된 나는 더 늦기 전에 내 이야기를 쓰고 싶다는 생각에 사로잡혀 있었다. 마침 한 독립 출판 프로그램에서 사람들과 문집을 준비할 기회가 있었다. 수료식엔 조촐한 담소회가 진행될 예정이었는데 함께 하고픈 지인을 초대할 수 있었다. 나는 이 말을 듣자마자 그녀를 떠올렸다. 나홀로족의 선두주자였던 그녀는 사실 꽤 오래전부터 글을 쓰고 있었다. 그녀가 틈틈이 글을 쓸 당시 직장인이었던 나는 "언젠가 웹툰 작가가 될 거야!"라는 말을 입에 달고 살았다. 어김없이 또 그 말을 습관처럼 내뱉자 그녀가 사뭇 의아한 표정으로 물었다.

"근데 그 언젠가가 언제야? 오늘은 안 되는 거야?"

순간, 몇 년이 지나도록 말만 하고 아무런 행동을 하지 않은 내가 부끄러웠다. 그녀의 그 한 마디에 힘입어 나는 꽤 진지하게 웹툰 작가로서의 미래를 그려보게 되었다.

내 꿈의 시작을 함께한 그녀였기에 이번 수료식도 꼭 함께하고 싶었다. 그런데 웬일인지 입이 쉽게 떨어지지 않았다. 그녀에게 사소한 일상까지 다 나누던 나였지만 이상하게 글을 쓰고 있다는 것만큼은 털어놓기가 힘들었다. 그녀는 결혼 후 회사를 그만두고 임신, 출산, 육아를 하며 글에서 점점 멀어지고 있었다. 그런 그녀의 꿈에 먼저 다가간 나는 그녀를 볼 때마다 왠지 미안한 마음이 들었다.

하지만 이제 더는 미룰 수 없었다. 수료식은 2주 후 토요일에 진행될 예정이었다. 무릇 아이 엄마와의 주말 약속이란 남편 일정까지 고려해야 하므로 최소 2~3주 전엔 의사를 물어봐야 한다고 생각했다. 이윽고 용기를 낸 나는 그녀에게 전화를 걸었다. 혹시 다다음 주 토요일에 뭐해? 내가 최근 글을 쓰고 있는데 쓴 글들을 모아서 사람들이랑 독립 출판을 하거든. 아, 판매하는 건 아니고 그냥 개인 소장하는 건데. 수료식에 친구를 초대할 수 있다고 해서. 너가 꼭 왔으면 해. 너네 집에서 여기까지 꽤 멀긴 하지만 오면 내가 밥 쏠게! 응? 구구절절 길게도 설명을 이어갔는데 말이 끝나기 무섭게 그녀가 냅다 웃으며 답했다.

"그 말 언제 하나 했다."

그녀는 다른 친구를 통해 내가 글을 쓰고 있다는 사실을 전해 들었다. 그런데 웬일인지 당사자는 통 말을 꺼내지 않았고 무슨 이유가 있겠거니 하며 때를 기다리던 참이었다. 왜 자신에게 말하지 않았냐는 물음에 나는 쭈뼛대며 답했다.

"너가 얼마나 오랫동안 간직한 꿈인지 아니까. 너는 지금 글을 못 쓰고 있는데 나는 마음 편히 쓰고 있는 게 미안했어. 괜히 네 상황을 자책할까 봐 그것도 걱정됐고."

그녀는 뭐 그런 거 가지고 미안해하냐며 손사래 쳤다. 오히려 그 소식을 다른 이를 통해 전해 들어 섭섭했다고 했다.

"내가 자책을 왜 해. 난 우리가 좋은 글쓰기 메이트가 될 수 있다고 생각했을 거야."

또, 또 실수했다. 나는 또 나를 기준으로 함부로 판단하고 말았다. 너를 충분히 알고 있다는 오만함에 취해 내 마음대로 너를 슬퍼하고 나를 미안해했다.

이후 나는 그녀에게 속 시원하게 글 쓰는 이야기를 털어놨다. 쓸 때마다 아프긴 한데 그래도 마음이 한 꺼풀씩 벗겨지는 듯해 홀가분하다는 말도 덧붙였다. 그녀는 그런 내가 부럽다고 했다. 그럴 때면 겸연쩍기도 했지만 나는 그냥 우리의 상황을 있는 그대로 받아들였다. 그녀가 나를 부러워할 수 있지만 내가 미안해할 필요는 없었다. 나는 그녀의 다른 면을 부러워하고 존중하니 우리 사이는 문제 될 것이 없었다. 그렇게 우리의 하루를 더 소중히 여기기 시작했다.

∞

지하철 노선도로 치면 거의 양 끝단에 사는 우린 중간 지점에서 만나곤 했다. 하지만 어린이집이 끝나는 시간에 맞춰 오후 3시에는 헤어져야 했다. 그녀와 더 오래 머물고 싶었던 나는 그냥 책 한 권을 독파할 요량으로 지하철을 탔다.

왕복 3시간 반. 멀리서 오는 나를 위해 친구는 늘 맛있는 점심을 준비했다. 우리는 특히 찜닭을 자주 먹었다. 그날도 어김없이 찜닭을 먹었고 그녀가 직접 내려준 드립 커피를 마시며 도란도란 이야기를 나누고 있었다. 문득 나는 정말 좋은 사람을 곁에 두었다는 생각이 스쳤다.

"너가 내 친구라서 너무 자랑스러워. 고마워."

뜬금없는 고백에 어버버 거리던 그녀는 아이를 데리러 가야 할 시간이라며 같이 어린이집에 가자고 했다. 아이를 데려오고 함께 놀다가 어스름이 지고 나서야 길을 나섰다. 집에 도착할 즈음 그녀에게 메시지가 왔다.

"아까 너가 그렇게 말해줘서 너무 기뻤어. 근데 쑥스러워서 제대로 맞장구를 못 쳤네. 남편 오자마자 자랑스러운 친구라는 말 들었다고 엄청 자랑했다? 아니 뭐…… 그냥 그렇다고. 나도 고마워."

짜식. 기분 좋았으면서 아닌 척하긴. 꽉 찬 하트를 열댓 개 연달아 붙여 넣으며 나는 조용히 하루를 닫을 준비를 했다.

타인의 슬픔을 함부로 동정하지 말 것. 상대방을 잘 안다고 자만하지 말 것. 솔직하게 서로를 응시할 것. 그리고 마음껏 애정을 표현할 것. 내가 사랑하는 사람들을 위하는 방법이다. 물론 마음먹은 만큼 쉽진 않겠지만 이왕 먹은 거 이번엔 끝까지 소화시키고 싶다.

타인의 슬픔을 함부로 동정하지 말 것. 상대방을 잘 안다고 자만하지 말 것. 솔직하게 서로를 응시할 것. 그리고 마음껏 애정을 표현할 것.

직업 소개 말고 자기소개요
고유명사가 되는 기분

　재택근무를 시작하면서 집과 작업실, 휴식과 일, 출근과
퇴근의 경계가 모호해졌다. 이럴까 봐 일부러 침실과 거실
이 분리된 작업실을 구했건만 고작 예닐곱 걸음으로 이 모
든 것들을 해결하기엔 택도 없었다. 지인들은 재택근무라
편해서 좋겠다며 부러워했지만, 그것도 잠깐이지 몇 년 동
안 홀로 골방에 앉아 일에만 골몰하는 것은 무척 외로운 일
이었다.

　하도 외롭다, 심심하다는 말을 입에 달고 사니 일주일에
한두 번씩 안부 전화를 해주는 친구가 생겼다. 육아에 지친
그녀와 외로움에 사무친 나는 종종 2시간이 넘는 긴 수다를

떨었다. 어느 날 오후 3시. 친구에게 전화가 왔다. 나는 늘 그렇듯 친구의 이름을 부르며 다정하게 전화를 받았는데, 그녀는 목소리가 왜 이렇게 안 좋냐며 어디 아픈 건 아닌지 걱정했다. 나 완전 건강한데? 이게 무슨 일인가 싶어 어리둥절하다가 곧 목소리가 잠긴 이유를 알아챘다. 나는 그 시간이 되도록 그녀 외에 대화를 나눈 이가 없었다.

순간 몇 년 전에 본 해외 토픽 기사가 떠올랐다. 범죄 사실을 은폐하기 위해 말을 못하는 척하며 12년간 도주한 중국 살인범의 이야기였다. 그는 오랜 기간 입을 닫고 산 터라 검거 당시엔 언어 기능을 완전히 상실한 상태였단다. 입 한 번 뻥긋 대지 못하고 끝나는 하루가 계속되자 나중엔 그처럼 말하는 법을 아예 잊어버리는 건 아닐까 싶었다. 순간 두려움이 밀려왔다. 안 돼! 나 같은 수다쟁이가 말을 못하면 어떻게 살라고!

∞

그렇다고 다시 본가로 들어가긴 싫었다. 가족이란 무릇 떨어져 있을 때에야 비로소 서로의 소중함을 깨닫고 평화를 유지할 수 있다는 것을 몸소 체감했기 때문이었다. 별도의 개인 작업실을 구할까 고민했지만 이중으로 나가는 생활비를 감당할 자신이 없었다. 공동 작업실도 물망에 올랐지만, 모르는 사람들과 오랜 시간 부대끼며 일하는 건 상상만 해도 버거웠다. 볼륨을 최대로 올려놓고 좋아하는 음악을 들을 수 없을 테고 스피커폰으로 친구와 편하게 통화할 수도 없을 테니까. 미러볼을 켜고 유튜브에 만들어 둔 '노래방 리스트'를 열창하는 재미 역시 더 누릴 수는 없을 것이다.

공동생활은 싫은데 사람은 그립고, 대화는 하고 싶은데 깊이 말하긴 싫고, 이리저리 고민하던 끝에 답을 찾았다. 관심사가 비슷한 사람들이 있는 데로 가자!

마침 소셜 살롱이 유행하고 있었는데 대체로 장기적이고 정기적인 모임이 많았다. 아무래도 원고 마감 때문에 성실히 참여하기는 힘들 것 같았다. 그래서 지역별 청년 공간으로 눈을 돌렸다. 지역별로 취업 준비생, 프리랜서, 직장인 등 청년들이 편하게 들러 일도 하고 공부도 하는 공간을 무료로 운영하고 있었다. 글쓰기, 철학 등의 교양 수업도 저렴한 비용으로 들을 수 있었다. '공통의 관심사로 적당하고 느슨한 관계'를 맺고 싶어 하던 내게 딱 좋은 선택이었다.

설레는 마음으로 첫 수업에 갔다. 강사가 서로 통성명을 하고 지내자며 참여자들의 자기소개를 부탁했다. 나는 프로그램에 참여한 이유나 기대하는 바 등을 떠올리고 있었는데 첫 스타트를 끊은 참여자의 속내는 달랐다.

"안녕하세요. 제 이름은 아무개고요. 몇 살이고 현재 무슨 일을 하고 있습니다."

혹시 자기소개의 동의어가 직업 소개였나 싶을 정도로 어떤 모임을 가든 본인이 어떤 일을 하는지 말하는 것을 빼놓지 않았다. 심지어 한 강사는 대놓고 참여자들의 직업을 물어보기도 했다. 직장인이라는 대답에 로펌에 다닌다는 구체성이 더해지니 눈을 휘둥그레 뜨며 "어쩐지 공부 잘하게 생겼더라"라며 호탕하게 웃었다. 빼곡한 직장인들 사이에서 "저는 취업 준비생인데……"라며 주눅 든 학생도 있었다.

이상한 일이었다. 우리는 그저 공통의 관심사로 모였을 뿐인데 왜 관심사 밖의 이야기를 더 궁금해할까. 어느 순간 직업이 나를 설명하는 모든 것이 되어버렸다. 물론 어떤 일을 하고 있는지를 통해 그의 삶을 어느 정도 반추할 수는 있을 것이다. 하지만 상대를 제대로 알기도 전에 직업으로 그를 마음대로 속단하는 것이 문제였다.

나 역시 그랬다. 사회복지사 지인을 보며 그의 사명감을 존경했고 스튜어디스 지인을 보며 그의 친절함을 기대했다. 그러나 사명감 없이 일하는 직장인으로서의 사회복지사가 있고, 높은 연봉을 포기할 수 없어 불굴의 서비스를 펼치는 스튜어디스가 있다는 것을 그들을 보고 나서야 깨달았다. 직업이 꼭 자아실현의 도구가 될 필요는 없었다.

한번은 어르신께 "여자가 만화가면 좋지. 집에서 돈 벌면서 애도 키울 수 있잖아!"라는 말을 들은 적이 있다. 나는 내 직업을 선택하면서 성장이나 지속 가능성을 고민한 적은 있어도 애 키우기 좋은지 생각한 적은 없었다. 일평균 12시간씩 꼬박 4~5일간 컴퓨터 앞에 앉아 일을 하고 있건만, 나는 순식간에 집에서 편하게 돈 버는 사람이 되어버렸다.

나는 나에 대해 잘 알지도 못하면서 직업만 보고 당신 편한 대로 나를 재단하는 것이 속상했다. 그때부터 나는 새로운 사람을 만나면 굳이 직업을 밝히지 않았다. 어쩔 수 없이 말할 기회가 생기면 그냥 그림 그리는 프리랜서라고 답했다. 관계가 돈독해지는 데 필요한 건 직업이 아니라 우리의 대화, 관심사, 가치관이라고 생각했기 때문이다.

수업은 대체로 저녁 7시 즈음 시작했다. 이후 3시간 남짓 진행되기 때문에 프로그램 담당자는 항상 주전부리를 준비해 주었다. 인기 메뉴는 단연 샌드위치였다. 요기를 채울 수 있는 간단한 한 끼 식사로 제격이었다.

문득 샌드위치 같은 사람이 되고 싶다고 생각했다. 정확히 말하자면 샌드위치 같은 고유명사이고 싶달까. 영국의 샌드위치 백작 4세 존 몬테규가 카드 게임을 계속하기 위해 간단히 먹으려고 만든 음식이 오늘날 샌드위치의 기원이 됐다고 한다. 긴 시간을 거쳐 고유명사로 자리 잡은 존 몬테규의 이름처럼, 훗날 누군가 내 이름을 떠올렸을 때 이렇게 정의 내릴 수 있었으면 좋겠다. 평생 하고 싶을 일을 찾아 유랑했던 참 멋진 사람.

15,200원짜리 자존심
함부로 대하기엔 너무 많은 수고

직장인에서 프리랜서로 전향하며 가슴 깊이 새겨둔 말이
있다. 바로 "내 밥그릇은 내가 지킨다"라는 문장이다. 다른
사람에게 내 밥을 나눠줄지언정 내 밥그릇은 지켜내고야 말
겠노라 비장한 다짐을 했더란다. 그래서인지 작품 연재가
유일한 수입원인 내게 고료 협상은 가장 민감한 이슈였다.
매해 연봉 협상을 하던 직장인의 삶과 마찬가지로 웹툰 작가
가 된 지금도 매 시즌 고료 협상을 한다. '협상'이라 쓰고 '통
보'라 읽는 것도 그대로긴 하지만. 간혹 돈 이야기 꺼내는 것
이 낯 뜨거워 그냥 넘어갔다고 하는 작가님들도 있었다. 하
지만 나는 담당 PD님께 먼저 말하는 것을 망설이지 않았다.

"고료 협상 시즌입니다. 내부적으로 고료 인상에 대해 논의하고 계신지 궁금해서 연락드려요."

말 못해서 속 타는 것보다 한 번 낯 뜨겁고 마는 게 낫겠다는 판단에서였다. 안 오르면 뭐, 어쩔 수 없고.

그런데 내 권리를 지키려 부단히 애쓰는 것이 무색할 정도로 나와 나의 일을 폄하하는 사람들을 왕왕 만났다. 저작권자에 대한 배려 없이 막말을 일삼는 이들을 마주할 때면 나는 금세 홧홧해졌다.

∞

대학생 때부터 알고 지낸 그는 종종 밤 11시가 넘어서야 전화를 걸었다. 서로 간단한 안부를 묻고 나면 그는 늘 비슷한 레퍼토리를 반복했다.

"네가 너무 자랑스러워! 나 다음 웹툰 다 챙겨 보거든!"

매번 술에 취해 늦은 시간에 전화하는 것은 불편했지만 딱히 말실수는 없었기에 그저 열혈 독자의 술주정이라 생각하고 넘어갔다.

그러다 기어코 사건이 발생했다. 〈가슴도 리콜이 되나요〉

를 연재하던 때였다. 그는 여느 날과 똑같은 레퍼토리를 잇다가 말했다.

"내가 웹툰 진짜 좋아하고 자주 봐서 하는 말인데, 네 작품은 너무 개연성이 없어. 걔 누구지? 아랑? 너무 생뚱맞지 않냐?"

그는 시즌 2를 이렇게 저렇게 바꿔보라는 참견질을 시작했다. 심지어 같은 포털에서 연재 중인 다른 작품과 비교하며 좀 보고 배우라는 조언까지 잊지 않았다. 어이가 없었다. 이미 완결까지 내용은 정해져 있었고 술 취한 열혈 독자의 의견 때문에 바꿀 생각은 전혀 없었다. 그래도 만난 정이 있으니 나쁜 말을 하고 싶진 않았다. 그래서 "마음은 고마운데 완결은 정해져 있어"라며 훈훈하게 통화를 끊었다.

여기서 끝났으면 좋았을 텐데. 밤 11시, 또 전화벨이 울렸다. 이번엔 '돈 밝히는 신인'이라는 새로운 꼭지가 추가됐다. 그는 저명한 작가님의 신작 오픈을 언급하며 말했다.

"그 작가님은 미리보기도 없던데 너는 미리보기 왜 해? 신인이 벌써부터 너무 돈 밝히는 거 아냐?"

아니, 돈 밝히는 시기가 정해진 거였어? 그럼 진작 좀 알려주지 그랬어. 나 밝히는 데 완전 선순데! 이 와중에도 나는 침착하게 말했다.

"미리보기는 작가나 포털 모두에게 수익이 돌아가는 안정화된 시스템이야. 그리고 그 작가님도 미리보기 있거든?"

내 말을 듣긴 했는지 그는 바로 화제를 돌렸다.

"아, 그래? 그런데 너 밤토끼 알아?"

모를 리 없었다. '밤토끼'를 비롯한 수많은 불법 성인·도박 사이트에서 국내 웹툰이란 웹툰을 죄다 모아놓은 통에 한창 골머리를 앓던 때였다. 무료 원고뿐만 아니라 미리보기 원고까지 무단으로 게재해서 업계 차원에서 법적 대응을 하느라 말이 많았다. "당연히 알지"라며 그간 있었던 서러움을 풀어내려는 찰나, 그가 핵폭탄을 던졌다.

"오! 역시 아는구나! 거기 진짜 좋더라. 요일별로 온갖 웹툰들이 쫙 정리돼 있어서 너무 편하더라고. 내가 원래 다음 캐시 5,000원씩 충전해서 OOO 챙겨 봤거든? 근데 밤토끼에 무료로 다 풀려 있어서 요즘은 공짜로 본다!"

놀랍게도 그는 그곳에서도 열혈 독자였다. 심지어 그가 5,000원씩 충전해서 봤다는 OOO은 내게 좀 보고 배우라고 조언했던 작품이었다. 술주정이고 뭐고 이건 답이 없다는 것을 깨달은 나는 결국 뚜껑이 열렸다. 맞는 말만 족족 뱉는 내 족같은 말발에 술이 깬 그는 연거푸 미안하다고 사과했다. 하지만 나는 앞으로 연락하지 말자는 말을 끝으로 그를 차단했다.

웹툰에 무관심한 지인도 있었다. 차라리 관심이 없으면 상처 주는 말은 안 하겠지 싶었건만, 그럴 리가. 그는 웹툰에는 관심 없으면서 웹툰 작가들의 수입에는 관심이 많았다.

"어떤 작가는 빌딩 샀다던데? 누구는 외제 차 뽑았다더라!"

"어느 업이나 상위 1퍼센트는 수입이 많으니까."

"돈 주고 만화를 본다고? 빌딩을 살 만큼? 왜?"

도대체 니가 왜 이러는지는 내가 묻고 싶은 바고요. 여기에 이어지는 말이 더 가관이었다.

"누가 〈오늘도 꼴랄라라〉를 돈 주고 보냐?"

그는 자신의 농담이 퍽 마음에 들었는지 시원하게 웃어댔지만 나는 도저히 웃을 수 없었다. 이게 말이야, 방구야, 씨방구야?

"야. 내가 그 200원으로 돈 버는 저작권자거든? 니가 그런 말 할 때마다 나 무시하는 것 같아서 기분 나빠. 앞으로 안

했으면 좋겠어."

"아니, 낮토끼 들어가면 무료로 다 볼 수 있는데 굳이 돈 주고 보는 게 이해가 안 돼서 그렇지."

잊고 있었다. 그는 영화도 드라마도 다운받아 보는 것이 취미라고 말하던 사람임을. 그런데 거기에 버젓이 웹툰이 전시된 것을 알면서도 내 앞에서 그렇게 취미 생활을 운운했던 거라니. 심지어 불법 사이트인 밤토끼의 존재도, 밤토끼 폐쇄 후 새로 생긴 '낮토끼'의 존재도 알고 있었다. 화가 뻗친 내가 더 쏘아붙이자 그는 미안하다며 위로랍시고 한마디 했다.

"너무 걱정하지 마. 그래도 거기에 네 건 없더라!"

∞

오랜만에 편의점에 갔다. 200원으로 뭘 살 수 있을까 찾아봤는데, 정말이지 단 한 개도 없었다. 당연히 200원일 거라 생각한 츄파춥스마저 250원이었다. 미리보기보다 50원 더 비싼 가격이었다.

물론 나 역시 작가가 되기 전엔 불법으로 콘텐츠를 즐기곤 했다. 그것이 불법인 줄 알면서도 몇천 원 쓰는 것이 아까워 형편없는 화질과 조악한 자막을 꿋꿋이 견뎌내던 시절이 있었다. 하지만 이젠 모든 콘텐츠를 볼 때면 '만드는 이'를 살피는 습관이 생겼다. 드라마 마지막 회에 나오는 스태프들의 이름을 지켜보기도 하고, 책 맨 뒷장에 적힌 출판인들의 이름을 읽어보기도 한다. 그럴 때마다 내가 지금 보고 있는 이 콘텐츠를 함부로 대하기엔 너무 많은 사람들의 수고가 녹아 있다는 것을 다시금 깨닫는다.

그래서 나는 미리보기 200원, 책값 15,000원, 도합 15,200원 만큼의 자존심은 지키며 살기로 했다. 15,200원씩 매일 적금 붓는 마음으로 버티다 보면 언젠가 만화 보는 데 쓰는 200원을 아까워하지 않는 날이 오겠지. 불법, 불의, 불이익의 경계에서 내 밥그릇만큼은 지키며 살고 싶다.

에필로그
서툴러서 그래요

"뭐가 그렇게 부끄러우세요? 됐어요! 전 책 낼 테니까 연락하지 마세요!"

아빠와 통화를 끊자마자 눈물이 뚝뚝 떨어졌다. 이른 아침 전화를 건 그는 책을 꼭 내야겠냐며 큰소리를 쳤다. 얼마 전, 본가에 가족 이야기를 다룬 글들을 출력해 두고 왔다. 눈이 침침한 그들을 배려해 글자 크기를 18포인트로 키우는 센스도 잊지 않았다. 이미 진작부터 가족들에게 우리 이야기를 써도 된다는 동의를 얻긴 했다. 물론 조건은 있었다. 무조건 필명으로 쓸 것. 누군가에겐 상대적인 가난일지 몰라도 당사자에겐 적나라한 치부였으므로, 우리는 철저하게 필명 뒤에 숨어 추억팔이를 하기로 했다.

그러다 불현듯 책이 나오기 전 부모님께 먼저 보여 드려야겠다는 생각이 들었다. 내가 없이 자라서, 부족함이 많아서, 그래도 사랑은 넘쳐서, 덕분에 꾸역꾸역 잘 살아가고 있다는 이야기를 하고 싶었는데, 그 안에 담긴 부모님은 왠지 초라해 보였다. 끝끝내 뱉고 싶은 말은 사랑이었으나 자칫하면 오해하기 쉬운 글들이었다. 그래서 변명하는 심정으로 가제본을 들고 갔다. 무람없이 못난 글들 속에 그들을 존경하고 사랑하는 마음만은 전해지길 바랐다.

그로부터 며칠 뒤, 아빠에게 전화가 왔다. 택시 안에서 통화를 하는 건지 목소리가 쩌렁쩌렁 울려 퍼졌다. 열여덟 번이나 이사한 이야기를 꼭 써야 하냐고 했다. '징검다리 집'이며 '바퀴벌레 운동회'며 잊고 있던 과거를 꼭 끄집어내야 하냐고 했다. 툭하면 "나는 기댈 데가 없으니 혼자서라도 악착같이 돈 벌겠다"라고 하던 네가 왜 그렇게 만천하에 가난을 드러내냐고 했다. 부끄럽지 않냐고 했다. 이 글을 젊은이들이 어떻게 받아들일지 잘 모르겠지만, 아빠 또래는 '돈에 눈이 멀어 가족팔이, 감성팔이 하는 자식'으로 생각할 것이라고 했다.

그러면서 너의 시선으로 쓴 가족 이야기이므로 그 어떤 핑계도 첨언도 하지 않겠다고 했고, 감수성 예민한 네가 악플을 감당할 수 있겠냐고 했지만, 나는 아무 말도 들리지 않았다. 아니, 듣고 싶지 않았다. 그저 부끄럽지 않냐던 아빠의 외마디만 내내 맴돌았다.

하지만 부끄러워한 이는 내가 아니라 아빠였다. 힘없는 가장의 실체가 드러나는 것이 두려워 괜히 내게 시비를 거는 것 같았다. 이미 글은 다 썼는데, 나를 이해해 줄 거라는 믿음으로 보여드린 건데, 존경과 사랑보다 당신의 부끄러움을 먼저 떠올린 아빠가 실망스러웠다.

∞

야멸차게 끊은 통화 후에도 우린 분을 삭이지 못해 계속 메시지를 주고받았다. 나는 아빠에게 왜 다짜고짜 화를 내느냐고 했고, 아빠는 왜 말을 끝까지 듣지도 않고 끊어버리냐고 했다. 아빠의 느린 타자에 속이 탄 나는 결국 참지 못하고 다시 전화를 걸었다.

"마실아. 내가 먼저 이야기할 테니까 끊지 말고 들어줘. 네가 이야기할 땐 아빠도 말 안 끊을게. 알았지?"

그는 한껏 누그러진 톤으로 말을 이어갔다.

"나 화낸 거 아냐. 잘 안 들려서 그래. 통화하면 더 그래. 괜히 목소리만 커진다."

아빠는 한쪽 귀가 잘 안 들렸다. 채권자들에게 쫓겨 다니던 20여 년 전, 아빠는 그들에게 일방적인 폭행을 당했다. 당시 초등학생이었던 나는 그 광경을 직접 목격했다. 아무것도 할 수 없어 그저 울기만 했던 그날이 아직도 선하다. 그 울음 뒤로 아빠의 고막은 병들어갔다.

아빠는 글을 읽고 벌거벗은 기분이 들었다고 했다. 엄마는 밤새 울었다고 했다. 부모가 모르던 자식의 속내를 마주한 것이 결코 달가운 일은 아니었을 것이다. 가난과 열등감에 맞서겠다는 취지는 잘 알겠는데, 세상 사람들이 모두 내 뜻에 동조하진 않을 것이라고 했다.

아빠는 가난하다는 이유만으로 예비 범죄자 취급받던 일들을 말해주었다. 내 상식으로는 도저히 이해할 수 없는 군상들이었다. 그리고 그 시간을 버텨온 아빠가 안쓰러웠다. 그는 당신도 이리 힘들었는데 끽하면 감정에 요동치는 내가 잘 버틸 수 있을지 걱정된다고 했다. 나는 파르르 떨리는 입술을 꾹 깨물고 천천히 입을 열었다.

"저는 뭐든 직접 부딪치고 바닥을 쳐 봐야 일어서는 사람이더라고요. 저도 굳이 왜 이렇게까지 해야 하나 고민 많았는데요. 그래도 글을 쓰고 싶은 건……."

사실, 그동안 글을 쓰고 싶은 이유에 대해 수없이 자문해 왔다. 확실한 건 돈 때문은 아니었다. 책 한 권 내면서 명예로운 장밋빛 인생을 꿈꾼 적도 없다. 잘 팔리면 좋겠지만 그저 출판한다는 데 의의를 둔 것이 더 컸다. 한데 단순히 의의에만 방점을 두기엔 심적으로 너무 고달팠다. 매 순간 어디까지 솔직해야 덜 상처받을지 골몰했다. 치유를 위한 글쓰기라는 목적도 있었으나 나는 이상하게 글을 쓰면 쓸수록 자꾸 자해하는 기분이 들었다. 그런데도 왜 끝까지 글을 붙잡고 있는지 당최 알 수 없었다. 아빠에게 이런 마음을 미주알고주알 털어놓다가 끝내 간신히 붙잡고 있던 목울대를 놓아버렸다.

"저는 그냥…… 살고 싶어요……."

나는, 그냥, 글을 써야 살아졌다. 이것이 글의 힘인지 시간의 힘인지는 잘 모르겠으나 글 쓰는 시간이 약인 것만은 분명했다. 꺼이꺼이 오열하는 내게 아빠는 지금도 이렇게 울면서 정말 잘 헤쳐나갈 수 있겠냐고 물었다. 나는 도대체 누굴 닮아서 눈물이 많은 거냐고 징징댔다. 아빠는 엄마일 리는 없다고 했다. 인정하긴 싫지만, 나는 점점 아빠를 닮아 가고 있었다. 아빠와 나는 왜 싸웠을까. 뭐가 그렇게 그를 섭섭하게 했을까. 그는 지금 무슨 말을 듣고 싶을까. 아빠와 쏙 빼닮은 나는 손쉽게 그 답도 쏙 찾아냈다.

"앞, 압빠. 미하해요……."

"뭐라고?"

"미앙하다고요오!"

들숨날숨이 섞인 탓에 겨우 힘들게 한 마디 꺼냈지만 귀 가 먹먹한 그는 단번에 알아듣질 못했다.

"에이, 아냐. 어른인 내가 널 더 이해했어야 했는데."

"흑…… 흐허헝…… 제, 제가, 서투허서 구혜."

"뭐라고?"

"서툴러허 구럭타고요."

"뭐라고?"

"서툴러서 그렇다고요오!"

그는 당신도 육십은 처음이라, 아빠가 처음이라, 뭐든 다

서툴다고 했다. 우느라 정신 못 차리는 내게 아빠는 뭘 하든 덜 울고 덜 아팠으면 좋겠다고 달랬다. 이내 손님을 태워야 한다며 통화를 끊으려 했다. 나는 잽싸게 심호흡을 했다. 이번엔 들숨날숨이 섞이지 않도록, 그가 단번에 알아들을 수 있도록, 단전을 쓸어 담은 후 외쳤다.

"아빠, 사랑해요."

∞

이 책은 에세이집이지만 솔직히 에세이가 뭔지 잘 모르겠다. 일기보단 무겁고 자서전보단 가볍고 참회록이라고 하기엔 명명이 너무 거룩하다. 그래서 나는 이 책을 '그림 없는 사진첩'이라고 부르기로 했다. 선명하게 기억하는 어느 한 장면에 글로 피와 살을 붙인 개인 사진첩.

사진첩을 쭉 둘러보니, 이건 뭐, 영 앞뒤가 안 맞는 이야기 투성이다. 콤플렉스와 열등감이 무엇인지 정확히 알고 있으니 잘 이겨내 보겠다고 해놓고선 여전히 갈팡질팡하고 있었다. 다름을 인정하고 자만하지 않겠다고 해놓고선 자기만의 세계에 갇혀 있기도 했다. 위선자가 된 기분이었다. 그런데 아빠와의 대화를 통해 앞뒤가 안 맞을 수밖에 없는 이유를 찾았다. 그러니까 이건 다…….

서툴러서 그런 거다.

타인과 비교하지 않고, 있는 그대로 받아들이고, 이해하고, 사랑하는 삶을 100퍼센트 실천하고 있다면, 나는 지금 당장 수행자의 길을 나서는 편이 좋을 것이다. 하지만 나는 완벽하지 않고 성숙하지 않다. 그렇기에 아빠와 싸우고 화해하기를 반복할 것이고, 깊은 우울에 빠졌다가도 스스로 헤어 나올 것이며, 사람들과 둑을 쌓고 살다가도 허물 준비를 할 것이다.

그래서 이 사진첩에는 '엔딩'이 없다. 내가 빤히 살아 있는데 해피엔딩이나 새드엔딩을 논하자니 왠지 좀 쩝쩝하다. 고민 끝에 나는 '장면'만 남겨두기로 했다. 뭔가 생각대로 잘 풀리지 않을 때 이렇게 말하는 장면이다.

"서툴러서 그래요."

육십을 산 아빠도 뭐든 서툴다는데 쪼렙인 내가 능숙할 순 없는 법이다. 그러므로 나는 핑계 대며 살기로 했다. 빌어먹을 가난도, 막돼먹은 인생도, 좀먹는 사람들도 다 서툴러서 그런 거라고 생각하기로 했다. 다들 서툰 바보라고 생각하니 마음이 한결 가벼워졌다.

나는, 그거면 됐다.

슬프지 않게 슬픔을 이야기하는 법

초판 1쇄 발행 2020년 8월 28일

지은이 마실

발행인 이재진 **단행본사업본부장** 신동해
편집장 김수현 **책임편집** 김남혁
디자인 this-cover **마케팅** 이현은 최준혁
홍보 박현아 최새롬 **제작** 정석훈

브랜드 웅진지식하우스
주소 경기도 파주시 회동길 20
주문전화 02-3670-1595 **팩스** 031-949-0817
문의전화 031-956-7363(편집) 02-3670-1024(마케팅)

홈페이지 www.wjbooks.co.kr **페이스북** www.facebook.com/wjbook
포스트 post.naver.com/wj_booking

발행처 ㈜웅진씽크빅
출판신고 1980년 3월 29일 제406-2007-000046호

© 마실, 2020
ISBN 978-89-01-24454-9 03810

• 이 도서의 국립중앙도서관 출판예정도서목록(CIP)은 서지정보유통지원시스템 홈페이지(http://seoji.nl.go.kr)와 국가자료공동목록시스템(http://www.nl.go.kr/kolisnet)에서 이용하실 수 있습니다. (CIP제어번호: 2020031252)
• 책값은 뒤표지에 있습니다.
• 잘못된 책은 바꾸어 드립니다.